中公文庫

勝　負　師

将棋・囲碁作品集

坂口安吾

中央公論新社

目次

I

II

勝負師　将棋・囲碁作品集

I

散る日本

一九四七年六月六日

私は遠足に行く子供のような感動をもって病院をでた。私の身辺には病人があり、盲腸から腹膜となって手術後一ヶ月、まだ歩行不自由のため私も病院生活一ヶ月、東京では六・一自粛などと称して飲食店が休業となり、裏口営業などという、この影響如何、悪政と思わざるか、新聞記者がそんなことを訊きにくる。つまり私が飲ン平で六・一自粛の被害者の代表選手に見立てられたわけだが、病院生活一ヶ月、私は東京と無縁の生活で、裏口をくぐるはおろか、自粛のマーケットを外から眺めたこともない。

病人は新たに胸が悪くなり、腹に水がたまりだしたから、病院の方で匙(さじ)を投げて、手に負えなくなったから内科の医者に切りかえる方がいいという、病室の隣りがすぐ工場で、金属をきる最高音が火花をちらして渦巻き起っているのだから、私は仕事をすることもできない。私はまったく一ヶ月ぶりの外出で、私はそれまで二三度外出したが、それは金策とか東京の名医を迎えに行くとか病人の食べ物を依頼に行くとか、私のための外出は初めてであった。私は子供の遠足と同じように竹の皮の握り飯をぶらさげていたのである。私は幸福であった。

目蒲（めかま）電車は事故を起して、単線の折返し運転。多摩川園前で乗客を降して、全員を渋谷行きへ乗換えさせる。一つの電車のラッシュアワーの混乱を一時につめこむから、座席も総立ちとなり網棚にぶらさがっても後から後から押しこんで、私の足は宙にういてせり上って下へ落ちない始末、握り飯に執着して頭上へ持ち上げたのが運のつきで、心臓を防衛する腕を失ったから、全乗客の圧力がじかに心臓にかかってきたが、もう持ち上げた腕を下すことができない。握り飯の代りに心臓をつぶすとは哀れな最期だなどと危篤昏酔（こんすい）のうちに、渋谷へついた。私はしばらく歩行ができず、押しだされるとホームの鉄柱にもたれて、意識の恢復（かいふく）を待たなければならなかった。

東中野のモナミへついたのが九時半、塚田八段は来ていたが、木村名人は未だ来らず、東日の記者すらもまだ見えない。応接室のソファーにねて、水をとりよせ、救心という心臓の薬をのみ、メタボリンをのみ、ヒロポンをのんで、どうやら人心地ついたとき、倉島竹二郎が、ヤァ、しばらくだな、とはいってきた。

私は名人戦が三対二と木村名人が追いこまれたとき、次の勝負はぜひ見たいと思っていた。私には将棋は分らないが、心理の闘争があるはずで、強者、十年不敗の名人が追いこまれている、心理の複雑なカケヒキが勝負の裏に暗闘するに相違ない。私はそれが見たかった。私は生来の弥次馬だから名人位を賭けて争われるこの勝負を最も凄惨なスポーツと見て大いに心を惹かれたもので、死闘の両氏に面映ゆかったが、私は然し私自身の生存を人のオモチャにささげることをかねて覚悟に及んでもいるから、私自身がこの死闘に弥次馬たることを畏れてはいなかった。

病人のことにかまけて第七回戦を忘れていたから、この勝負が千日手に終った時には喜んだもので、翌日さっそく次の勝負の観戦を毎日新聞へ申込む。許可を得たときは子供みたいに嬉しかった。

★

私のように退屈しきった人間は、もう野球だの相撲だの、それがペナントを賭けたものでも、まだるっこくて、見ていられない。臍をだす女だの裸体に近いレビューだの、見る気持になったこともない。終戦以来、たった一度アメリカのニュース映画を見に行ったほかは（原子バクダン）映画も劇もレビューも野球も相撲も見たことがない。見たいと思わないから。

思えば空襲は豪華きわまる見世物であった。ふり仰ぐ地獄の空には私自身の生命が賭けられていたからだ。生命と遊ぶのは、一番大きな遊びなのだろう。イノチをはって何をもうけようという魂胆があるでもない。

文学の仕事などというものが、やっぱりそういう非常識なもので、いわばそれに憑かれているからの世界であろう。芸ごとはみんなそうで、書きまくって死ぬとか、唄いまくって、踊りまくって、喋りまくって、死ぬとか、根はどっかと尻をまくって宿命の上へあぐらをかいている奴のやることだ。

俺の芸は見世物じゃないとか、名も金もいらない、純粋神聖、そういうチャチな根性じゃ話にならない。人様がどう見てくれようと、根は全然そっちを突き放しているから、甘んじて人様のオモチャになって、頭を叩かれようとバカにされようとエロ作家なんでもよろしい、一人芝居、憑かれて踊ってオサラバ、本当の芸人なら生き方の原則はこれだけだ。我がまま勝手、自分だけのために、自分のやりたいことをやりとげるだけなのだから。

将棋名人戦は私のオモチャであった。

私が特別気に入ったのは十年不敗の名人が追いこまれていることだ。中には知ったかぶりか木村名人は調子に乗ってるだけで頭抜けて強いわけじゃないといったりする人もあるが、私も将棋は知らないけれども、この十年間、名人戦ばかりでなく、その他の勝負、これという手合に殆ど負けていないのだから、調子だけでこうは行く筈のものではない。ほかの芸ごとで誰と誰とどっちが名人か、そういう水かけ論とちがって、碁将棋にはちゃんと勝負があり、その勝負の示す戦績がケタ外れに頭抜けているのだから、木村名人はたしかに強いに相違ない。

たしかに強い方が負けて追いこまれているから、私は気に入った。

私は昔から木村名人が好きであった。いわばヒイキであったのである。なぜなら木村名人は闘魂の権化の如き人物で、勝つためには全霊をあげて、盤上をのたくりまわるような勝負に殉ずる「憑かれ者」だと信じていたからであった。

木村名人の一代前は関根名人と云って、この人は将棋は弱かったが、将棋がキレイで、さすがに名人の風格、などと称せられたのであった。弱いけれど名人の風格などというバカげたことが有るべきものではない。強いから名人、それ以外はない。

文学の方でも秋声先生の縮図などを枯淡の風格とくる。面白おかしくもない、どこと云って心にしみる何物もあるでもない。ところがその淡々たるところが神業だと云って、面白おかしくないから、俗ならず、高雅で、大文学だという。夢みたいなことを言って、それを疑りもしないから、バカげている。

然し文学の方には勝負がないのだから、私がどう言っても水かけ論だが、将棋のように勝負のハッキリしたものでも弱いけれども名人の風格、駄ジャレにもならない言葉が誰に疑られもせず通用しているのだ。

将棋の強弱は勝つための「術」によるものだ。剣術も同様、相手に勝つ術が主要なものであり、風格などは問題ではない。

兵法とか剣術というものは乱世の所産で、是が非でも勝つため、勝たねば我身を失うために編みだされた必然の術であったが、太平に狎（な）れると戦わずして勝つ、などいう奇術的曲芸をより大なる兵法なりと称するに至る。

昔の剣の試合は真剣勝負だから一命にかかわる。だから剣術や戦争は戦わずして勝つのが第一便利にはきまっているが、それは曲芸的な意味ではなく、真に自分に実力があって、戦えば勝つ、それがハッキリしているから、戦わずして勝ちうるので、戦っても勝つ、無駄な損害を省くだけの話なのである。

ところが日本に於ては、実力なき者が戦わずして勝つ、そういう有りうべからざることを前提として兵法だの剣術が俗物共の真実めかしたオモチャになったから、そして、それが堂々、国民の性格的な教養信念として通用するに至ったから、あれは、今日の大敗北、破滅を見るにも至ったのである。

織田信長は兵法の大家、日本に於ける第一人者であった。種ヶ島伝来の鉄砲を第一番に手に入れたのは武田信玄であったが、彼は火縄銃というものが一発打つと二発目までに操作の時間を要することを見て、これでは、この操作の時間に敵に斬りこまれるから兵器としてはダメだと見切りをつけ、一発目を防ぐ楯(たて)をつくり、これで一発目をしのいで、二発目までに斬りこむ、こう考えて鉄砲を防ぐ楯の発明に主点をおいた。

ところが信長は、操作の時間をゼロにする方法を発明、鉄砲隊を三列にして、第一列が射つ、次に、第二列、次に第三列、第三列が射ち終るまでに第一列が第二発目の用意を完了する。然し射ちもらした敵にふみこまれると鉄砲隊は接近戦に無力だから、鉄砲隊の前には壕を掘り、竹の柵をかまえ、少数を射ちもらしても接近にてまどるうちに更に射ちとる、独創的な戦法によって武田氏を亡してしまったのである。

日本の兵法がどんなにバカげたものかと云えば、甲州流だの楠流だの、みんな無手勝流、つまり実力なくして、戦わず勝つ、あるいはゴマカシて勝つ戦法。元々、信玄がどう、楠がどうした、信長がどう、人の手法を学んだところで落第にきまっている、問題は信長の心構えで、実質的に優勢でなければならぬこと、実質の問題で、常に独創的でなければならぬ。日本人は独創的という一大事業を忘れて、もっぱら与えられたワクの中で技巧の粋をこらすことに憂身をやつしているから、それを芸だの術だの神業だのと色々秘伝を書き奥儀を説いて、時の流れに取り残されてしまうのである。

信長の死後六十何年か後に島原の乱が起った時に、島原の反乱の農民軍は鳥銃を持っており、おのずから信長の戦法を自得して戦ったのに比べて、幕府軍は甲州流だか何流だか刀をふりかぶって進撃、死屍ルイルイ、農民軍の弾薬がつきるまで、てんで勝負にならなかった。しかも尚、その愚をさとらず、弾薬のつきるのを待った松平伊豆を卑怯者と云い、弾丸に猪突して全滅、自らも戦死した板倉伊賀守を英雄と称している。これが徳川時代の兵法であり、日本の民族的性格でもあるのである。

宮本武蔵は勝負の鬼であった。彼は勝つためにあらゆる術策を用い、わざと時間におくれて相手をじらし、あるいは逆に先廻りし、岸柳が刀の鞘を投げるのを見て「岸柳の負けだ」と叫んで怒らせる。剣術のレンマに於て細心チミツであるのみならず、あらゆるものを即席に利用し、全霊をあげ、ただもう勝つための悪鬼であった。

然し晩年の武蔵は五輪の書をかき、剣の術ではなくて道をとき悟りをとき、彼は太平という時代に負けてしまったのである。剣術は悟りをひらく手段ではない。剣を用いて勝つ術であり、悟る手段としては参禅思索ほかにちゃんと専門がある。

木村名人は壮年の宮本武蔵のような人だと私は思っていた。いつぞや双葉山を評して、将棋では序盤に位負けすると最後まで押されてしまう、序盤に位を制すること自体が名人たる力量でもあるのだから、横綱だから相手の声で立つべきだということは如何なものであろうか、という意味のことを述べていたのを見て、私は感心したものだ。巷間つたえるところの風聞、もっぱら勝負の悪鬼の如き木村名人のすさまじさであり、これも名人戦であったか、神田八段との対戦で、神田八段が十五分おくれてきた時、対坐して対局にさしかかる時に、記録係に向いジロリと目をむいて、十五分、神田八段の持時間から引いておけ、と言ったという。胆汁質の神田八段、ハラワタが煮えくりかえったであろう、まことに勝負の悪鬼、勝負はそういうものだ。本来和気アイアイなどというものではあり得ない。なぜなら、将棋は専門棋士にとっては遊びではない。生命をささげた仕事、それに憑かれているのだから。

モナミの応接室にひっくりかえっているところへ倉島君がやってきたが、こいつは君、単に名人位だけじゃないんだ、生活の問題があるんでね、名人位を失うと収入が違う、一度ボーチョウした生活をちぢめるのは辛いからな、文壇の老大家連はこの点でこぞって木村名人に同情しているんだね、と言う。このことは朝日新聞のK氏からもきいていた。妻子の生活がかかっているから必死ですよ、と木村名人は言っていたそうだが、私は不覚にして、そこまでは思い至っていなかった。私は変に切なくなった。金銭という奴はまったく切ない奴だ。老大家のみならず私の如き青二才でもその点では木村名人に同情するにヤブサカであるべき筈はない。

私は何分もうすこしで心臓がつぶれるところであったのだから、名人戦がこんなにセチガライ性質のものじゃア、どうも心細くなってきた。然し案ずるに、勝負は本来かくの如きものであるべきで、そこに生存が賭けられている一生の術であり仕事だから、それぐらい、当然の筈でもあった。往年武蔵の真剣勝負、生命を賭けたあの構えが、つまり勝負本来のもの、芸本来の姿なのである。

「然し、君」

と倉島君は言った。

「君の狙っていることはね。こいつは、外れるぜ。名人はもう大人になってしまったからな。勝負の鬼というのは、昔のことだ。今は君、政治家、人格円満な大成会党主だよ」

★

倉島君の言葉の通りであった。心理の闘争、闘志が人間的に交錯するということが、この勝負には完全になかった。ただ沈痛な試合であり、まったく沈黙の勝負であった。始まるからというので倉島君の案内で手合の日本間へ通り、名人と塚田八段に挨拶して座につく。坂田八段をモデルの芝居を上演中の辰巳柳太郎、島田正吾、小夜福子三氏が見学に来てつづいて座につく。

「では、もう、そろそろ」

と、木村名人。小学校の一年生の徒歩競走の出発のようなとりとめもない気配のうちに勝負がはじまっている。十時二分。

先手の塚田八段、第一手に十四分考える。途中で便所へ立つ。木村名人は私達に向って、あなた方は洋服だし先が長いことだからどうぞお楽に、と言ったりする。

塚田八段七六歩（十四分）木村名人三四歩（三分）間髪を入れず塚田五六歩、木村七分考えて五四歩、それから間髪を入れず二五歩、五五歩、二四歩、同歩、同飛、三二金。

私は碁の大手合は時々見たが、間髪を入れず、というのはメッタにない。碁の定石は極めて不定多岐多端だが、将棋の定跡はある点まで絶対のものらしい。然し終盤に及んでからも、四五手間髪を入れず応酬し合った時があった。碁の方では分りきった当りを継ぐのでも四五十秒は考えるようだ。名人位がひっくりかえるという終盤の勝負どころへきて、全く間髪を入れず、スースースーと駒が一本の指に押えられて横へ前へすべって行く。私は変な気がした。ひどく宿命的なものを感じさせられたからである。名人が駒を動かしているのじゃなしに、駒が自らの必然の宿命を動いて行く。名人の力がその宿命をどうすることもできない。そして名人が名人位から転落しつつある……私はその時はもう名人の顔を見るのが苦痛であった。名人はもう駒へ指一本当てておくのが精一ぱいで、駒の方が横へ前へスースー動いていたのだ。どうにも仕様がないよ、名人の顔がそう語り、全身の力がくずれていた。あれは深夜の一時、二時頃であったろう。

塚田八段が六分考えて三四飛、横歩を払った。そのとき、辰巳、島田、小夜氏ら両棋士に別れを告げて立つ。手番の名人盤面から目を放してあたりを見廻し、立上って三氏のあとを追った。戻ってきて、

「わからないもんだなア。僕の非常に懇意な医者の家へ泊ってるんだ」

「誰ですか」と塚田八段、

「小夜さん」

十分考えて、名人五二飛、

木村名人は小夜福子に色紙を頼んできたのである。女学生の娘が小夜ファンで欲し

がってるから喜ぶだろうな、と言ってる。塚田八段が毎日の記者に、私にも、と色紙をたのむ。

塚田八段、五十四分考えて二四飛。指すと同時に、苦笑して、

「ひどい将棋をさしちゃった。三十八手かなんかで負かされちゃった」

と呟いた。この意味は私にも分らなかった。

名人の大長考が始まったのはその時からで、まもなく正午、休憩となる。両棋士がまず立ち去ると、記録係の京須五段が私に、

「この手は読売の手合か何かで塚田八段が三十八手で名人に負かされているのです」

と盤へ駒を動かして教えてくれた。塚田八段の二四飛についで、

五六歩、同歩、八八角成、同銀、三三角、二一飛成、八八角成、七七角、八九馬、一一角成、五七桂、五八金左、五六飛、四八金上ル、七九馬、五七金スグ、同馬、四九王、五八金、同金、同馬、三八王、二六歩、二七歩、四八銀まで、三十八手、

この時まではまことにノンビリしたものだ。これから両棋士、まったく喋らなくなる。芝居の三氏、こんなところを見学したのは無意味で、芝居がハネてから、深夜に見学すべきであった。

★

昼食が終って、十二時五十分、再開。

名人痰をはきに立ってモーローと戻ってきて盤面を凝視していたが、便所へ立った記録係が戻ってくると、ひょいと顔をあげて、魂のぬけたような目附でビックリ見て、それから庭に向ってア、ア、アと大あくびをした。坐り直して盤面にかがむ。

そのとき塚田八段が記録係に、

「芝居の初日って、いつもたくさんやるのかね」

ときく。初日にたくさんやる、意味が分らないから記録係が返事に困っていると、

「初日に行くと、トクだね。いつもだと、三時間ぐらい。正味二時間半で帰ってくるからね」

と呟いている。なるほど初日は長くかかる。長くかかるから通例人は初日の観劇が厭なんだが、塚田八段は退屈を知らないのかも知れない。ほかの人間が自分とあべこべの考え方をしていようと、気にかけたこともなかったという顔付だ。そして、それ

っきり、黙ってしまった。以下深夜、手合の終るまで、喋らなかったのである。

土居八段がビッコをひきひきMボタンをはめながら「一局碁を観戦してきたんじゃけど却々面白い」大きな声で登場、隣室の間の襖をしめる。隣室には毎日の記者がいる。襖をしめても、記者を相手に途方もない大声でキイキイ喋りまくっているから、何にもならない。

倉島、三谷両君が昼食後二階で碁を打っている。いずれも僕と互先、文人囲碁会のなじみであるが、まもなく村松梢風さんがやってきて、将棋の方には顔をださず、二階へあがって碁を打ちはじめ、これまた僕とは互先で、倉島君がそッと来て、

「村松さんがきたぜ。碁をやらないか」

木村名人四時間十三分の大長考、記録係まで退屈して居なくなり、私がたった一人。ところが私は退屈ではないのである。三十八手の勝負とどこで違った手を指すか、どっちが指すか、その時の二人の様子が私は見たくて仕方がない。何かしらが有るだろう。どんな退屈を賭けても、私はその何かしらが見たいのだ。

然し、四時間十三分の大長考、この結果は分りきっているのだそうだ。五六歩突き。それにきまっているからその先を先の先まで読んでいる由、持久戦のつもりなら、こ

こでは考えないのだそうだ。京須五段も土居八段もそう教えてくれた。

「まだ当分は変らん。一一角成、ここで変るかな。桂があるから、二四へ打つ。そんな手もあるじゃろ。いろいろと、むつかしいところじゃ」

土居八段は満悦の様子である。

「研究に研究を重ねてるんじゃ。負けた将棋を、自信がなくては同じ将棋を指しやせん。どこで変るか、今に変る。面白い」

土居八段は珍しい人だ。勝負師の気むずかしさが全然なく、人見知りせず、誰とでも腹蔵なく喋る。好々爺（こうこうや）である。

木村名人一門の外はたぶんあらゆる高段棋士が名人の敗北をひそかに期待していたであろう。絶対不敗の名人とか実力十一段とか、伝説的な評価が我々素人の有象無象に軽率に盲信される、自らひそかに恃（たの）むところのある専門棋士には口惜しい筈で、

「名人も高段者も、実力は違やせん。研究じゃ。研究が勝つんじゃ」

土居八段は言いすてたが、

「わしら老人はダメじゃ。若い者はよう研究しよる」

塚田八段の深い研究、三十八手という異例の負け将棋を名人戦という大事の際に買

ってでた自信の程が、たのもしくて仕方がないという様子であった。

毎日新聞には速報板がでて加藤八段が解説している由だが、四時間十三分の長考ドャ解説が持ちきれない、一時間半ひきのばし喋ったが後がつづかない、ネタを送れという飛電が係の記者にくる由だけども、これは無理だ。記録係まで散歩にたつ、両棋士は動きも喋りもしやしない。

それでも木村名人は十分おきぐらいに構えが動く。

左手を前へついてグッと盤面へのしかかり、右手にタバコを持って頭の高さにマネキ猫みたいにかざしている。

今度は左手を後について、手によりかかり、あらぬ空間を見つめてタバコをふかす。

両膝を立て、それを両手でおさえて、タバコを口にくわえてパクパクやってる。

すると次に坐り直して、上体をグッと直立、腰をのばし、左手を袂(たもと)に入れ腰に当て、そのヒジを張り、右手にタバコを高くかかげて盤面をにらむ。

庭を眺めて、アクビをしたり、セキバライをしたり、急にフラフラ立上って、ぼんやり庭を見てきたり。

塚田八段は殆どからだを動かさない。概(おお)ね膝へ両手をのせ、盤面を見下している。

別に気力のこもった様子じゃないが、目が疲れてにぶく光り、ショボショボしている。

「どれくらい考えたア」

名人がそうきいた。だるそうにタバコをくわえて、かすんだ目で記録係を見た。

「三時間三十三分です」

名人便所へ立ち、戻ってきて、タオルで顔をふき、口の上を押えている。茶をのみ、茶碗を膝の上にだいてる。膝を立て、両手を廻して膝をおさえ、クワエタバコ、パクパク。坐り直して、袂から左手をさしこみ、腰に当てグッとヒジを張り、上体直立胸をそらして、

「どれくらい考えました」

「二百五十二分です」

そのとき記録員の顔じゃなしに、頭の上の空間をボンヤリ見て、

「ああ」

舌つづみのような音を口中に、そして、すぐ指した。五六歩。四時間十三分が終ったのである。塚田八段すぐ同歩。そのとき木村名人、

「考えても……」

何か呟いたが、ききとれない。そして、すぐ八八角成、同銀、三三角、二一飛成、八八角成、バタバタとまるで夕立に干物(ほしもの)をとりこむ慌ただしさ。名人茶碗をとりあげて一口のんで、

「その手はどれだけ考えたって？」

「二百五十三分。計二百七十三分です」

「ウワ」

塚田八段右手をタタミにつき、左手膝の上、盤を見つめて六分、キュッと駒をとりあげて、七七角、打ち終って、ウウ、セキバライ、打たない前と同じ姿勢でジッと盤を見つめる。いつまでたっても見つめている。まだ自分の手番のように、眉にシワをよせ、今の手の効果が気がかりで思いきれない様子であったが、ふとボンヤリ顔をそらして灰皿のタバコをつついて煙を消して、ウ、ウンとセキバライをした。その時チラリとあげた目にひどく決意がこもっていた。

フーッと息をして、背のびをした。塚田八段の姿勢がそのとき初めて揺れたのである。

木村名人は上体直立、胸をはって腕組み、口にタバコをくわえて盤上を直視してい

たが、腕組みをといて、フウワリと手がのびて、八九馬。間髪を入れず一一角成、五七桂。打ち終って木村名人庭を見る。つづいて、チョッチョッと舌つづみを打ちながら、部屋のあちこちを見廻す。その目は腫れたモーローたる目である。

塚田八段十分考えて、五八金左。すぐ五六飛、六八桂、三分考えて四九桂成、同王、五八飛成、同王、六二王。

例の夕立に干物のバタバタで、私のかねての狙い、どこで手が変るか、その手が変っていたのだが、私にはそれが分らぬ。私は手を見ているのじゃなしに、打つ人の顔を見て、顔で判断しているのだが、劇的な何物もなく、ただバタバタの一瀉千里、片がついていたのだ。五六飛の次、二十七手目、六八桂で変っていた。

私は将棋が分らないから、どこで変るか、そんな見世物みたいの興味で見ているほかに手がないのである。加藤八段の解説によると、六八桂、今までにある手、当然の指し手で、三十八手負けの塚田八段の指し手がひどすぎたのだそうだ。こっちはそうとは知らないから、どこで変るか、ウノ目タカノ目、面白ずくで打ち込んでいて、バカを見た。

塚田八段の長考がはじまる。ちょうど三十分すぎたとき、木村名人が記録員に、

「相撲へ行ったかい」

「ハア？」

「相撲へ行った」

「いいえ」

そこで、とぎれる。名人膝をたて、手をまわして膝を抱えて、口をあけている。今度は記録員から、

「先生、相撲のケンリ、どうなってますか」

「ケンリ？　いいや、ケンリなんて」

ややあって、

「僕はケンリなんか、あったって、行かないよ。千代山や強いのが休んでるから」

それからキチンと坐り直して、タバコを握っていたが、ふと、ひとりごと、

「負けちゃア、しょうがないね」

よく聞きとれない。それから膝をくずして、目をつぶって、タバコをくわえていたが、便所へ立つ。戻ってきて、廊下から、

「君、ヌルマユを貰ってきてくれないか」

一同立つ。

「ヌ・ル・マ・ユ。少しね」

と大きな声。そして隣室へ。薬をのんだのである。そして休憩になった。正六時。

「ハ？」

倉島君と私がふと対局室へもどってみると、部屋の隅に人が一人ねている。仰向けに長くのび、目をとじ、額に手をくんでいる。塚田八段であった。

「気分が悪い？　薬があるよ」

倉島君が言いかけると、起き上って、

「いえ、薬はいりません」

ふらふら、モーロー、食堂へ歩き去った。

「薬って、何の薬だい？」と私がきく。

「いや、君の薬だよ。気の毒だからな。あれを飲ませたら、と思ったんだ」

私の薬というのはヒロポンのことだ。この朝、のびてモナミへたどりついた私が薬をのんで応接室のソファーにひっくりかえっていたとき、彼がきて、ゆうべ徹夜で、ねむくて今日は持ちそうもないと言うから、私のヒロポンをのませた。彼はこの薬品を知らなかったのである。効果テキメンだから、塚田八段にも飲ませようと思ったのだろう。

気の毒だから、と倉島君が言ったが、両棋士、まったく無慚に疲れきっている。然し将棋界ではヒロポンが全然知られていないらしい。疲労見るも無慚だから、こんな時ヒロポンのむのが、ヒロポンの最大の使い場所というところで、私は二人に教えてやろうかと思ったが、塚田八段は虚弱な体質で、私がすすめたばかりにヒロポンで命をちぢめたなどとなってはネザメが悪いと思ったから、やめた。夜になるとニュース映画の一隊が勝負の結末を待って詰めていたが、この連中は頻りにヒロポンを注射していた。

★

夕食後、夜になり、ガラス戸の向うの庭が真ッ暗で、何もなくなる。宇宙がこの部屋一ツになったような緊張が、部屋いっぱい、はりつめる。木村名人端坐黙想していたが、ふところからメタボリンの錠剤をとりだしたとき、夕食前からひきつづいて考

えていた塚田八段、五三歩（六十八分）

名人チラと見ただけ、メタボリンをのんで便所へ立ったが、廊下でふりむき戻って火鉢の火からタバコをつけて、立ち去る。塚田八段も立ち上って去る。名人戻ってきて、一分間ぐらい盤を睨んで、
七二王。人差指一本で王を押えてスーと横にずらす。そして両手を火鉢にかざしたが、顔をねじむけて、盤を見つめる。塚田八段が考えはじめた。

「オーセツマへ知らせて下さいネ」

と記録係に言って、木村名人立つ。

私が応接間をのぞいてみると、奥の肱掛椅子（ひじかけいす）に腰を下して、タバコを右手に持ちあげて、例のマネキ猫の恰好で目をとじて考えている。

五分後に又のぞいてみると、もうタバコを持っていない。両手をだらりと垂れて、ぐったり目をとじて、のびている。全然考えつつある顔ではない。大きな疲れ。大きな苦悩そのものに見える。

十分後、又のぞいてみる。全然同じ姿、ただ、口がだらしなく開いている。

食堂で加藤八段の解説をきいていると、倉島君がはいってきて私の肩をたたいて、

「おい、ひどいぜ。名人が応接間にのびているぜ」

「ああ、知ってる」

「見ちゃ、いられないな」

塚田八段九十六分考えて、五五馬、これが新手であったそうだ。

今度は名人が考えこんで十分ほど後、

「名人、あと二時間五十分です」

名人かすかに、ウン、と云う。その時、九時四十分であった。

両棋士、酒に酔っているように見える。顔が薄く赤らんで、目がトロンとして、額にシワ、眉根をよせ、脂が浮いているようだ。

塚田八段、腹痛のように左手で腹をおさえ、ややうつむいて、眉をよせ、目をとじている。雨だれの音が一つ、ひどくキワ立ちはじめた。外は霧雨なのである。

塚田八段が立ち上った。足がしびれているらしい。立ち上って、ふらふら、ふみしめて、ひきずりながら、モーローと立ち去る。そのとき、

「名人、二時間半です」

名人全然返事なし。口をあけている。タバコの右手をかざしている。その手と、あ

いた口が、かすかに、ふるえている。

塚田八段が戻らない。新手の五五馬に名人の長考が分りきっているのだろう。名人例の持ち時間いっぱい使いきって考えこむんじゃないかと私も素人考えに思った。塚田八段が何をしているのだか様子を見ようと思って、私も便所へ立ったが、便所にいない。応接間にも、食堂にもいない。ソファーに袴(はかま)がぬいである。私が廊下に立っていると、コック場の方から帯をしめながら現れてきた。

そこへ二階から倉島君が降りてきて、村松さんが待ってる、一戦やろう、と言う。名人大長考と思ったから、よろしい、二階へのぼる。握って私が黒。観戦、倉島君、土居八段。村松さんは文壇随一、名題の長考。ふだんでもこの長考には悩まされぬ者なしという音にきこえた大陸的な三昧境で、階下に心の残る私の焦躁、すると又運わるく劫争(こうあらそい)ばかり、私は悪手の連発で、形勢大不利、ええ面倒アッサリ負けようと考えもせずポイポイ置くうちに、村松さん沈思長考、私以上の悪手を打って勝手に負けてしまった。私が五目勝ってしまった。もう一局というのを辞退に及んで階下へ駈け下りる。

名人の応手が五四歩（八十九分）同馬（三十七分）六四金、三六馬（十二分）五七

歩（二十四分）同王（二十一分）

　これだけ進行していた。合計百八十三分。ヘボ碁の一局に、こんな長時間、あるものじゃない。これを村松大人、全然おひとりで考えたのだから、怖しい。

　私はつまりこの対局のカンジンカナメ、勝負どころを見逃した。五五馬の新手に対する、名人の五四歩、これが決定的な敗着であったという。それまで、名人がくずれるように駒を投じたとき、五四歩がいけなかった、六四金と打つんだった、とすぐ呟いた。

　私が対局室へ戻ったとき、両棋士面色益々赤く、全く態度が変っている。全くもう疲れきっているのだ。気力も精魂も尽き果ててもう心棒がないくらいグニャグニャした様子である。そのくせ部屋いっぱい、はりさけるように満ちているのが、殺気なのだ。だらしなく向い合っている膝をくずした両棋士、必死のものを電流の如く放射する、それは二人の人間のからだからでも精神気魄（きはく）からでもなく、私にはそれがもうただ宿命、のがれがたい宿命、それが凝って籠っているからだ、と思われた。

　もう勝負がきまっているのだ。勝負じゃない。名人が名人でなくなったという、たとえば死刑囚が死の台へ歩いて行きつつあるような。

それでも、木村名人の態度が、改まる。悪党が居直る凄み、にわかに構えに力がこもって、手を延しざま王をとりあげ、八二王、コマ音高くパチリと叩きつける。すぐタバコに火をつけ、塚田八段をジロリと見て、立ち上り去る。

塚田八段、左手を膝に、右手を袖口から差しこんで、フトコロ手で左の腕を抑えて、盤にのしかかっている。

木村名人手をふきながら戻ってきて、ワキ目もふらず、すぐ坐り、盤面に見入る。厳然端坐、口を一文字、モーローたる目に殺気がこもり、盤を睨んで待つうち、塚田八段五分考えて、

六六香

喧嘩腰、パチリと叩きつけて、すぐ立ち上って、去る。

今度は木村名人がグッと盤へのしかかる。顔ばかりじゃない。その頸(くび)の根まで、真ッ赤なのだ。タバコをつけ左手にもち、例のマネキ猫、空間をにらんで、口をひらいて、考えている。手と口が、かすかにふるえている。

五九銀（六分）

木村名人、又、パチリと叩いて、天井を仰ぎ、ウ、ウ、ウ、と大きく唸(うな)る。左手に

タバコをかざしたまま。塚田八段、グイと膝をのりだして、
六四香（一分）
音なく、指で抑えてスーと突きだす。
同歩。これも音なし。名人キュッと口をしめている。
塚田八段、眼鏡を外してふく。顔面益々紅潮、左手を膝につき、右手をフトコロ手、
左腕を抑えて、前かがみに、からだを幽かにゆすっている。五分。七五桂打。パチリ
と打ち、もう一度とりあげて、パチリと叩く。
木村名人、小手をかざして眺めるという、あの小手をかざして、眉を掻きながら、
盤を睨んで、何か呟いたが、ききとれず、すぐそのあとで、イカンナ、と呟く。
顔面朱をそそいだようである。ショウガナイナ、とかすかに呟いて、首をひねりな
がら、七二銀上ル（四分）指して胸をそらし、両腕を袖口から差しこんで腰に当てて
肱をはり、厳然盤をにらむ、が、ややあってチラと人々の顔を見廻して、チョッ、舌
ツヅミ、何か呟いたが、……タナ、最後のタナだけしか聞きとれない。
六三金（五分）
名人又呟く、ききとれず。

十二分。同銀。塚田八段考えこむ。目をショボショボさせている。

名人右手で口のあたりをつかみ、むしる。次第に下って、アゴをつまみ、耳をかく。やがて眉毛をひっぱりながら盤を睨む。ようやく手を膝に下して組んだと思うと、お茶を飲もうと湯呑を持ち上げて、こぼして、ア、と小さく叫んで、こぼした場所を見る。タバコをつけ、口にくわえ、手は膝に、プカプカふかす。このとき、七日、午前一時五分だ。名人タバコをすてて、大アクビ、左手をうしろに突いて、ぐったりもたれてしまう。

塚田八段もアグラをくむ。タバコをプップッと音をたてて、ふく。二十七分考えて、同馬。

名人すぐ、七二金打。同時に呟く、ショウガナイナ、それだけ、きこえる。

塚田八段、五二歩ナリ（一分）

名人腕を組み、ソウカと呟いて、そのまま口をあけている。塚田八段、タオルをとって鼻の下をゴシゴシこすり、私をチラと見て、便所へ立った。すると名人、盤にかがみこんで、

「どうもいけねえこと（ショウブ）した」

と呟いたが、コト、ショウブ、よくききとれない。眼鏡を外して、タオルを顔に当て、目のところを抑えている。頸をふく。

塚田八段、便所から戻り、この時から、決然たる色がハッキリ顔にきざまれたのである。そして、どうにでもしてくれというように、腕を組み、からだをよじらせている。

木村名人アクビ。又タオルをとり、顔をふき手をふき、アーと言い、つづいて何かつぶやく。ボーイがあついコーヒーを運んできたが、冷えきったお茶の方をとりあげて飲み、ウウーンと唸り、タバコの箱をとりあげたがカラだから、

「タバコはないか」

倉島君がタバコを渡す。

「名人あと三十分です」

かすかに、うなずく。

ドウモ……何かつぶやく、ききとれぬ。坐り直す。又、呟く。

「名人、あと二十分です」かすかに、ウン。

何か、つぶやく。ききとれぬ。又、何かつぶやく。ききとれない。

「カチガネエカ」と言ったようだ。

塚田八段、ウウ、ウウ、頻りにうなる。ン、ウン、というセキバライのような唸り方もする。姿勢はキチンとしている。

木村名人、二十八分、六三金、これも負けずに、ウ、ウウ、ウウ、せきばらいする。六一と。

「……ガアスコニ……ネエカ」

名人かがみこんで考えながら呟く。又、何か、一言。又、何か。腕組みながら。三五角。二度コマをたたく。すると、すぐ、四六歩、これも二度たたく。

「名人、あと十分です」

「ウン」

それから、

「何分でもいい」

たぶん、そう呟いたのだろう。名人に最も近く坐を占めているのが私なのだが、その私に、すべて、ききとれない呟きなのである。顔に右手を当てている。額に当てて、さすっている。たぶん名人すでに顚倒、為しつつあることが、呟きつつあることが、すべて自らの無自覚ではないかと思われる様子である。

「マア、こうやっとこうか」

と、七九馬。そしてアゴを押える。

塚田八段、セキバライ、かがみこみ、自陣を見ていたが、次に敵陣を見て、それからバタバタ一瀉千里。

三二龍、同銀、八三桂成、同王、八四銀。

同時に名人の姿態がぐらりとゆれて右に傾いた。骨のない軟骨だけのからだのようにグニャグニャとゆれて、

「それまで」

グニャグニャのまま、コマをつかんでバラリと落した。一秒の沈黙も苦痛の如くに、すぐ語をつけたして、

「五四歩がいけない。ここへ金を打つんだった」

「どこ？」

「ここ。六四」

それまで、と駒を投じた名人の声は、少し遠く坐を占めた人にはきこえなかったの

じゃなかろうか。グニャグニャくずれる肉体のキシム音、かすかな、それ自体グニャグニャしたような音だった。その時、二時二十四分。

　ここをこう指すべきであった、ここがいけない、こう指して、こうきたら、こう、名人、喋りまくる。どこから出てくる声だろう。日本紙をハリつけたような声だ。かすれて、ひきつり、ひからび、ザラザラし、喉よりも奥から出てくる音じゃない。すぐ喉のあたりで間に合せに製造している声で、喋りまくらなければいけないのだろう。声がとぎれなくとも、時々フッと、諦めきれない泣き顔になる。どうしていいのか、自然にからだが、グニャグニャくずれて、へこみ崩れしぼむのを、ともかく、押えている様子であった。

　指した手のおさらいだから、塚田八段、このお喋りにともかく一々相手にならなければならない。時々目がピカリと光って名人を見つめ、じゃア、こう、その時はこう、ジッと見つめる、然し、勝ったという喜びの心の翳(かげ)が、ほのかにすら、浮かばない。

　あとでみんなで酒を飲んだとき、この試合、見ていて切なかった、と私が云ったら、塚田新名人グイと首をもたげて、いいえ、名人戦のうち、今日ほどエキサイトしない勝負はなかったんです、と言った。

将棋としては、その通りなのだろう。つまり半ばすぎる頃から勝負の数ハッキリして、逆転の余地がなかった。夜の零時という頃には、恐らく運命のサイコロすでに定まり、人力による転換の余地もなかったから、エキサイトせず、木村名人がコマを投じた時、その時に至ってこと新しく勝利を自覚するに及ばなかったのだろう。

然し、私にとっては将棋そのもののコマの動きが問題ではなかった。それは見ていて、元々私に分りやしない。十年不敗、なかば絶対と云われた王者が、王者の地位から転落した。そのサイコロが対局のなかばすぎからほぼ動かしがたくなり、悪魔に襟首をつかまれながら、名人、必死に居直っていた、それはもう、塚田八段との争いではなく、転落の王者が、運命の悪魔との争い、勝つべくもないムダな争い、凄惨見るに堪えざるものであった。私は近親の臨終を見るよりも苦しかったのだ。

徹夜で待ちかまえていたニュース映画の一隊が時を移さず撮影にかかる。ごたごたひっくりかえる騒ぎ。名人そんなことも気がつかぬらしくひきつり、うわずった顔、声、コマを動かしつづける。二十分すぎて、二時四十五分、はじめて名人の顔に、つくり物ではあったが、笑顔の一種が浮かぶことができた。

私はもうウンザリした。村松さんを探しだして、

「一戦やりましょう」

「アア、やりましょう」

二階へあがった。

★

新聞社のウィスキー、土居八段持参の自慢の銘酒、二〇度あるんじゃ、水に一割、わって飲む、という品物、あけがた、いくらか酒がまわって、新旧名人、赤い顔、木村名人も人心地をとりもどしていた。

私はたしかに名人よりも弱いのです。弱いのに、勝っちゃったから、ボンヤリして、うれしいという気持がうかばなかったんです、と塚田新名人が言った。強者が追いこまれた時の心理上の負担は大きく、深刻だから、強者の方が自滅する、その傾きがこの名人戦にあったであろう。木村名人弱しとは言えない。

私には然し名人の敗北が当然に見えた。

名人は言った。天命だ、と。又言った。時代だ、と。時代の流れがあらゆる権威の否定に向っている、その時代を感じていた、と。

「私はショーオーですよ。自分で法律をつくって、自分がその法律にさばかれて死んだというショーオーね、私が規則をつくって、規則に負けた、私は持時間八時間じゃア、指せないね。読んで読みぬくんだから。私は時間に負けた。ショーオーなんだね」

「ショーオー。僕は学がないからね。字を教えてよ。どんな字かくの？」

倉島竹二郎がズケズケ言う。

「商業の商。オーはねオーは面倒な字だ、リッシンベンかな」

商快とでも書くのか。自分でつくって、自分でやられた、つまり、ムッシュウ・ギョタンだろう。

私は然し、名人の敗因は、名人が大人になって、勝負師の勝負に賭ける闘魂を失ったこと、それだけだと思った。それは「負ける性格」なのだ。闘志は技術の進歩の母胎でもあるが、木村名人の場合は、それが衰えたというよりも、大人になったということ、そっちの方がもっとひどい。

木村名人は升田八段に三連敗した。苦しい旅行の休むまもない無理な対局であった

そうだが、なぜそんな無理をして悪コンデションで戦うのですかと倉島君がきいたら、
「いや僕はね、自分を悪いコンデションに、相手には良いコンデションに、それで戦うタテマエなんだ。こっちは無条件、相手の望む条件通り、うけいれて、指す。私からは注文をつけない、相手の希望はみんな通してやる、それで戦う、それでなきゃいけないと思ってるんだ」

名人戦の第六局だかで、千日手になるのを名人からさけて出て、無理のために、破れた。自分を犠牲にして、負けた。その意気や壮、名人の大度、フェアプレー。それは嘘だ。勝負はそんなものじゃない。千日手が絶対なら、千日手たるべきもので、それが勝負に忠実であり、将棋に忠実であり、即ち、わが生命、わが生き方に忠実なのである。名人にとっては将棋は遊びではない筈で、わが生命をささげ、一生を賭けた道ではないか。常に勝負のギリギリを指し、ぬきさしならぬ絶対のコマを指す故、芸術たりうる。文学も同じこと、空虚な文字をあやつって単に字面をととのえたり、心にもない時局的な迎合をする、芸術たりうる筈はない。

千日手が絶対たるべきものなら、それを避けて出た名人はフェアプレーどころではなく、将棋に忠実誠実でなかったもので、即ち、負ける当然な性格だった。

往年木村名人が覇気横溢のころ双葉山を評して、将棋は序盤に負けると勝負に負ける。序盤に位を制することが名人横綱たる技術でもあるのだから、敵の声に立ち上るのは解せない、と言った。この心構えを名人はすでに自ら見失い、自ら逆に双葉山の愚に化していた。

元々相撲の横綱などというものが、最も日本的な一匹の奇怪な幽霊で、その位置に上ると、もはや負けても位置が下らない、こういう形式的な権威を設定するところに、日本的な間違いがあった。

現在の将棋名人戦が最も勝負の本道で、名人、チャムピオンは常に一人、挑戦され、負ければ落ちねばならぬ。常に実力のみが権威でなければならぬ。風格の名人などとは、つまり横綱の世界で、実力なくして権威たりうるから、風格によって地位を維持する。すると人々は（日本人は）実力よりも風格を信じ、風格があるから、偉い、という。

日本の政治が、政治家がそうだ。文学まで、そうなのである。政治は政策が主要なもので風格など問題ではないのだけれども、日本では政治というと人心シューラン術のようなもので、敵と妥協し、商談して、まとめあげる手腕などが政治だと思い、政策、政策の実行、その信念、それを二の次にしている。

棋士が将棋に殉ずる如く、政治家はわが政策に殉ずべきもの、千日手をさけて、わが道に殉ずる誠意を犠牲にし、敵と巧みに妥協して四畳半的にまとめあげて、それが手腕、風格、政治だなどと、これを日本的幽霊という。

日本の軍人は戦争の真の性格を知らず、戦争の勝利は、武器によること、武器の威力が戦争の威力であることを知らず、廻れ右前へ進め兵隊は教練に大半暮し鉄砲のタマを当てる技術に費す時間はいくらもなく、原子バクダンなど考えてもみない。戦争の初めから、勝つことじゃなしに、どこで巧く媾和(こうわ)するか、そんなことばかりを当にしている。

すべて日本のかかる哀れサンタンたる思想的貧困が、この戦争の敗北と共に敗れ去らねば、新しい日本は有り得ない。権威の否定とはそういうことで、日本を誤らしめていた諸々の日本的幽霊をその根本に於て退治することであり、木村名人は十年不敗の権威によって否定されるのではなく、将棋に不誠実なること、将棋以外の風格によって名人的であったこと、架空の権威と化しつつあったために、負けるべき性格にあったのである。精神にたより神風にたよった日本が破滅した如くに、名人は敗れて、自ら天命也という。まことにバカバカしい。だから負ける性格であった。

将棋に殉じ、その技術に心魂ささげるならば、当然勝負の鬼と化す筈、政治家は政策の実行の鬼と化し、各々その道に倒れて然るべきもの、風格の偉さなどというものは、どこにも有りやしない。将棋は将棋の術によって名人たるのみ。

名人の言う如く時代だ。然り、亡ぶべきものが亡びる時代だ。形式が亡び、実質のみが、その実質の故に正しく評価されるために。新しい、まことの日本が生れるために。

実質だけが全部なのだ。

（『群像』一九四七年八月）

勝負師

五月九日のことだ。この日林町のモミジという旅館で、呉清源（ごせいげん）八段をかこんで、文人碁客の座談会があった。豊島与志雄、川端康成、火野葦平に私というヘボ碁打である。呉八段も今度例の神様からはなれたので、この座談会では気軽に神様の話もできるだろうと、私はそれをタノシミにしていたのである。

去年、本因坊薫和（くんわ）・呉清源の十番碁の第一局目が火蓋をきったのがこの旅館で、私はそのとき観戦記者として対局の前夜から対局者と一しょにこの旅館へカンヅメにされたことがあった。その晩、本因坊と私は定刻にモミジへ来たが、呉八段は神様と一しょに行方不明で、主催者の新聞を慌（あわ）てさせたものであった。その当時の呉八段は、神様のせいで、見る目も痛々しいものがあった。神様は信者もへり、後援者もなく、ケン族五六名ぐらいの小人数に落ちぶれて、津軽のどこかへ都落ちして、神様ケン族の生活費はもっぱら呉八段の対局料に依存していたようである。

夜陰に及んで、ようやく姿を現した呉八段は、ヨレヨレの国民服に、手垢や泥にまみれた小さなズックのボストンバッグを小腋にかかえていた。ひどい疲れ方である。新聞社の人の話によると、神前の行事に終夜ねむらされぬことが多く、コックリやりだすと蹴倒されて魂に気合をかけられ、睡眠不足のアゲクには精神異常となって、妄覚を起してしまう。つまり呉八段に対する神様の戦法の最有力の一つは、眠らせぬ、ということらしい。彼の対局料一つによって神様ケン族の生計を支えているに拘らず、神前に於て彼の蒙る虐待は特に甚しいものだそうで、さる諷刺雑誌の記者が信徒に化けこむことに成功したが、この記者も呉八段が神の怒りを蒙って内務大臣だかに荒々しく蹴倒され、踏みつけられるのを見たという。

去年の春先であったが、私は津軽から上京中の呉八段と彼の宿舎で碁を打った。その翌日、彼は上京中の対局料をたずさえて津軽へ戻るところであったが、封も切らずに、全部神様にささげてしまうのだからね、と、新聞の人がガッカリして私に云った。

「それで、この次、対局に上京という時に、たった三百円、旅費を下げ渡されてくるのだからね」

呉八段の世話係の彼は、狂信ぶりがイマイマしくてたまらなそうであった。

本因坊戦の対局の朝、呉八段は八時をすぎて、本因坊や私が新聞を読み終って雑談していたところへ、ようやく起きてきた。よほど熟睡したらしかった。それでいて、イザ対局がはじまると、本因坊の手番の時は、自然にコックリ、コックリやりだす。フッと目がさめ、気がついて、立ち上る。たぶん冷水で顔を洗ってくるのじゃないかと思われた。なるほど、神様がねむらせないというのは本当らしいなと思った。幸い対局中は神様からはなれてモミジへカンヅメであるから、次の夜も熟睡ができて、対局の二日目から、目がパッチリと、睡気もはなれていた。

この碁は第一日目を終日コックリ、コックリ打った碁だから、彼に良い筈はない。本因坊必勝の局面であったが、三日目に本因坊が悪手で自滅してしまったのである。この対局の数日前に神様ケン族は上京して、呉八段の下宿先へ落ちついた。ここでドンチャン騒ぎのお祈りを日夜にわたってやらかすので、家主に立退きをせまられ、神様は警察へ留置された。それを呉八段がもらい下げて、ネグラを求めて何処かへ去ったが、恐らく呉八段はそれらの俗事のためだけでも殆ど眠る時間がなかったであろう。

まったく見るも無慚な様子であったが、カンヅメということと、対局が三日にわたって行われ、朝九時から夕方の六時までという無理のない時間割が幸いして、一日は一日毎に生色をとり戻していた。今の将棋式にその当日指しきりという徹夜制であったら、コックリ、コックリの呉八段に勝味はなかったであろう。

第七局が東京で行われた時も、私は見た。そのとき、豊島・火野両氏も来ており、呉八段の勝に終って、対局者をかこんで酒をのんだ。酒をのまない呉八段は、私のとなりで碁の雑誌を読んでいたが、それは呉清源を論じた誰かの文章であった。それを読み終って、雑誌をペラペラめくってみて、又よみだすのは自分を論じた文章のところだ。何度ペラペラやっても、結局よむのは、それだけだった。もっとも、素人相手の碁の雑誌に、彼の心を惹く記事がほかに有るはずはないのだが、そこの頁だけを手垢で黒く汚れてしまうほど読んでいるので、おかしかった。彼は孤独で、さびしいに相違ない。彼の切なさは、私にも同感できるものであった。それは去年の秋であったが、呉清源は神様からはなれるかも知れない、はなれたい気持がうごいている、ということを新聞の人からきいた。その時から半年あまりすぎていた。

座談会で、私はつとめて神様のことを訊こうとしたが、彼はヌラリクラリと体をかわして語ろうとしなかった。なぜ神様とはなれたか、どういうところが不満であったか、棄教した今日ハッキリ答えるかも知れないと思っていたが、神様そのものは実在します、というような返答の仕方で、つとめて要領を得られないような話しぶりであった。

いずれは又、別の神様へ辿るであろう。

要領を得ない座談会で、面白おかしくもなく、後味がわるかった。告白狂じみた我々文士とちがって、呉八段がつとめて傷口にふれたくない気持はわかるのであるが、もっと気楽に、言いきれたら、彼の大成のために却って良かろう、と私には思われた。

座談会が終って帰ろうとすると、廊下に女中が待っていて、読売の文化部長の原君が来ており、お待ちしておられます、というので、二階へ行った。すると、塚田名人と升田八段もいるのである。北斗星君、赤沢君、みんな知った顔である。

私はトッサにヤヤと思った。将棋の名人戦が塚田二勝一敗で、四回戦が翌々日の五月十一日に湯河原で行われることになっている。木村が挑戦者に勝ち残って、名人戦がはじまった。それは私が精神病院に入院中の出来事で、その一回戦は、木村が全然勝った将棋に、深夜に至って疲労から悪手の連発で自滅したという。私は深夜になると彼がボケルのを見て知っており、益々ボケ方の甚しいらしい報道にウンザリして、名人戦への興味を失っていたのである。

ところが、原君の座敷へ行ってみると、はからざる塚田、升田がマッカな酔顔をあげてニヤニヤしている。もっとも、升田の方は青くなる酔顔だ。もう相当酒がまわっている様子であった。

私がヤヤと思ったのには、わけが有るのである。一昨年のことであるが、木村升田三番勝負の第一局が名古屋で行われ、私は観戦記を書くために東京から木村と同道で出向いた。そのとき、木村が升田に向って、塚田は偉いよ、昔から実に勝負を大事にするからね、オレみたいに、明日の対局に今夜対局地へくるなんてことはしないからね、対局の三日ぐらい前、おそくて二日前には対局地へついて、静養しているのだからね、と云った。

升田は木村の一日前に名古屋へ来ていた。その心構えに当てつけたワケではなかったろう。彼の自戒とも自嘲ともつかないような心事と、それに若干の誇り、オレは立場上そうすることが出来なかったんだという見栄も、いくらかは含まれていたかも知れない。

彼は十年不敗の名人であり、大成会の統領で、名実ともに一人ぬきんでた棋界の名士で、常に東奔西走、多忙であった。明日の対局に今夜対局地へつくはおろかなこと、夜行でその朝大阪へついて対局し、すぐ又所用で東へ走り西へ廻るという忙しさであった。彼はそれまでストレートで升田に負けていた。それは概ね東奔西走の間に於ける対局で、塚田に敗れて名人位を譲る七回のうちにも、あわただしい対局をいくつか行っていたという。それでも勝てると思っていたのだ。升田に敗け、つづいて決定的な破綻、名人位を譲るという悲劇にあい、彼の自信は根柢から崩れ去ったのである。

あれは二年前の六月六日であった。覚え易い日附であるから、忘れることがないのである。中野のモナミで行われた名人戦の第七局。その対局で彼は名人位を失ったのである。

私はその対局をツブサに見ていた。記録係までウンザリして散歩にでるような木村の長考(一手に四時間十三分)の間も、ガランとした対局室に、常に私だけが二人を見まもっていたのである。

まことに木村は断末魔にもまさる切なさであった。彼は夕食にも手をつけなかった。もうその時から疲れきっていたが、夜の九時ころ、塚田が長考している時、彼は記録係へ「応接間へよびに来てね」と云い残し、薄暗い応接間の肱掛椅子にグッタリのびていた。

零時ごろには、すでに敗北は明らかで、一秒ごとに名人位を去りつつある苦悶がにじみでていた。ともすれば、その苦悶に破綻しようとする苦痛を抑えて、彼は必死に気持を立て直そうとしていた。そのために、彼は顔面朱をそそぎ、鬼の顔に、ふとい静脈が曲りくねって盛りあがっていた。悲しい殺気であった。彼はもう将棋を争っていたのではなく、名人位を失うという切実な苦悶に向って殺気をこめて悪闘していたのだ。

駒を投じて数時間後、朝酒に、彼はいくらか落ちつきを取り戻していた。

オレは時間に負けたんだ、と彼は云った。オレは読んで読みぬくんだからね、と。

そして、又、云った。オレは席のあたたまるヒマもなかったのだ。夜行でついて、すぐ対局して、又、すぐ引返す。それで負けないと思っていたんだ。それでも勝つのが当然、オレが負けるなんて思いもよらない不思議だと思っていたね、と。

オレは然し今度は負けると思っていた。時代だ。時代に負けると思っていた。古いものが亡びる時代だからね、と。

すべては当ってもいるし、当ってもいない。その秘密は、当人が深く心得ているはずである。

まさしく私も、いわばその「時代」を感じていたのである。私は彼が負けると思った故に、対局を見物にでかけたのだった。それは然し、私にとっては「時代」ではない。彼はすでに負けるべきところに来ていたのである。

私が木村升田三番勝負を見物に名古屋くんだりへ出かけたのは、名人位を失ってからダラシなく負けこんでいる木村に立直りのキザシを見たからであった。特に升田にはストレートで負けつづけている。その年には挑戦者の四人の一人に加わることも出来ない。それにひきかえ、升田はA級筆頭で、自他ともに許す次期名人の候補であった。私は木村が勝つかも知れないと思ったし、勝たせたいとも思った。私は彼の立直るキザシを信じていたから、私がそれに助力することが出来るかも知れないと思っていた。

升田は二日前に名古屋へ来ていたが、酒をのみつづけて、節制がなかった。彼は木村を呑んでかかっており、負ける筈がないと思いあがっていた。そして升田は対局の前夜に乱酔して木村と碁をうち、酔いがさめて、ねむれなくなっていた。翌日の対局も軽佻(けいちょう)で、気負いにまかせて慎重を失い、簡単に敗れてしまったのである。それに反して、木村は甚しく慎重であった。

私がモミジの二階にはからざる塚田、升田を見てヤヤと思ったのは、それらのことを思いだしたからである。

名人位四回戦は翌々日にせまっている。おそくとも対局地へ二日前について静養している習慣だという塚田が、大切な名人戦を目の前にして対局地でもないところで酒をのんでいるのである。湯河原までバスもいれて三時間ぐらいのものかも知れないが、勝負師の心構えとしては、こうあってはならないものである。

私の顔を見ると、升田がヒョウキンな目を光らせて、

「オ、塚田名人とオレとは親友だ。親友になった」

と、云った。

私がこの前升田に会ったとき、彼はまだ戦後は塚田と指してはおらず、塚田と指したい、それが何よりの望みだと云っていた。それを何べん云ったか分らない。そこには、木村老いたり、見るべきもの、すでになし、という即断と気負い、悪く云えば、いくらかの嘲(あざけ)りと傲(おご)りがあった。彼はいささかならず神がかり的な気質であるから、

木村に対してこう即断すると共に、塚田に対しては、若干の怖れがあった。

いわば升田は、木村将棋を否定することを念願として、今日まで大成してきたのである。一生の狙いは打倒木村であった。木村を破ったのは升田が先だが、名人位を賭けた大勝負では、塚田が一足先に木村を破って名人位を奪った。

木村を敗るのはオレだけだと思っていたから、升田がもし一足先に木村を敗って名人位をとれば、塚田などは眼中におかなかったに相違ない。彼はむしろ大山を怖れたであろう。ところが、塚田の方が一足先に木村を敗って名人位をとったから、木村を敗って名人位をとるだけを一生の念願としていた彼は、自分の偉業を塚田の中へ転移して、敬意を払った。

塚田は名人となっても、評判はさのみではなく、弱いと云う者が多かったから、そういう点でもツムジ曲りの升田をして却って逆に塚田は強いと云わせた意味もあった。塚田の強さが外の奴らには分らん、という意味もあった。木村への反撥から、塚田は強いと云わせた意味もあった。木村を侮る共犯として塚田を自分の陣営へいれるような意味もあった。

彼が塚田強しという意味は、すべて木村をめぐってだ。塚田は木村と対蹠的な鋭い棋風であるが、一抹、彼とは似た棋風でもある。そして彼が塚田と共同戦線的感情をいだく理由は、本来は対木村であるが、つづいて、もっと切実な、対大山という感情があったと思う。この弟弟子は棋風は木村に似て、あるいは勝負師としてのネバリではそれ以上であるかも知れない。その冷静な勝負度胸は、この子供のような小さな男に、無気味に溢れているのである。

木村と、つづいて大山をめぐって、升田は塚田強しと逆説したが、本心は木村と大山に敵意があってのことであり、塚田に対してさのみ怖れてはいなかったであろう。然し、大山が塚田に挑戦して敗れたことによって、彼はその安堵（あんど）の気持を再び塚田強し、大山いまだ至らずと置きかえ、めぐりめぐって、塚田強しという縄で彼自身が縛られていたようだ。

塚田は、二年前に名人位を奪った朝、少しの酒に目のフチを赤くして、嬉しくも何でもないようなドロンとした顔をしていたが、私が升田のことを云うと、

「僕は升田は怖くないです。今まで升田に負けたことはありません」

と、きびしく云い放った。彼がこんなに力のこもった云い方をしたのは珍しい。それはたしかに升田は怖くない、というハッキリした気持があってのようであった。

神がかりの升田は、鋭い直感を重ねたアゲクに、いつの間にやら、自分を自分の縄によっていましめて、そのアゲクが、去年の塚田升田五番将棋で、敗れ去ったのであろう。その時から、彼は外面、益々塚田の棋風をしたい、塚田強し、と云い、塚田を親友とよび、塚田と親友になったと云いふらしているもののようである。

つまり、升田の心は、まだ自立していないのである。自分一人で立ちきるだけの自信がないのだ。彼が塚田強しと云うのは、木村大山をめぐってのことであり、木村大山を完全に否定するだけの自信の欠如からくるところである。彼が木村怖るるに足らず、大山いまだ至らず、と云い放つ時、イヤイヤそうではない、という声を最も敏感に聴いているのは彼であった。彼は不当な気負いによって心ならずも怖るる者を怖れずと云い、その犯罪感を自分一人で支えきれずに、塚田を共犯に仕立てているのであった。そして、又、アゲクには、塚田強しということを、実在の事実として、自ら負担せざるを得ないようになってしまうのであった。

私は塚田を見ると、ふと思いだしたことがあった。私の近所へ火野葦平が越してきたが、その近くに塚田正夫という表札のかかった家があった。戦災後にできた安バラックだから、もとより将棋名人の新たに住む家である筈はない。けれども、それを思

いだしたから、

「僕の近所に塚田正夫と表札のでた家ができてね。六畳と三畳二間ぐらいのバラックだから、名人の新邸宅とは思わなかったが、同じ姓名があるものだと驚いたよ」

「案外、かこっているのかも知れないぜ」

と原四郎がひやかすと、塚田はショボショボと酔眼をしばたたいて、ニヤリとして、

「僕もそんなことをしてみたいと思うけど、うまく行かなくってね。ほんとに、してみたいんだ」

と、云った。なんとなく板につかない。そのくせ本人の真剣さは分る。中学生がお金持になって、大人なみのことをやろうと力んでいるような恰好であった。

話が翌々日の対局にふれた。

私は第一回戦に木村がボケて自滅した新聞記事を読んで以来、この名人戦に興味を失っていたから、

「木村がああボケちゃア、見物にでかけるハリアイもないよ」

と云うと、実に、その時であった。塚田升田の態度が同時に改まった。そして、二人が、まったく、異口同音であった。

「イヤ、今度の三局目はそうじゃなかった」

升田は坐り直して、名人戦一席の浪花節でも語るようにギロリと目をむいて、唸るようにあとを続けた。

「第三局は驚くべき闘志だった。負けて駒を投じてからも、闘志満々、あとの二局を見ていろ、という凄い気魄がこもっていた。今までの木村じゃない。驚くべき気魄だ」

今までの木村じゃないと塚田が和した。驚くほどキッパリした言い方であった。それは私に色々の思いを与えた。まったく、異口同音であった。しかも、二人の態度が同時に改まって、私の言葉をきびしく否定したのである。反射的に、そそっかしいほどセッカチに物を言う升田と、感情を表わすことのない塚田の二人が、この時に限って、まったく同じ一人のような物の言い方をした。木村の闘志、この次を見ろという凄味のある気魄、今までの木村ではないという実感が、歴然と頭にしみ、木村の鬼のようなマッカな顔が彷彿とした。

塚田までが、反射的に、態度を改めて云うからには、よほどのことであろう。それにひきかえ、塚田の方は、翌々日の対局をひかえて、これでいいのだろうかと私は思った。女をかこってみたいなどと、変に真剣味のこもった云い方をするところに、塚田の不安定な気持がこもっていることなどが、私の頭によみがえってきた。

木村が名人位を失ったころのオゴリたかぶった様とアベコベである。私は塚田が第四局目に負けるだろうと思った。然し、勝つかも知れない。けれども、もしも、第四局を失ったら、第五局は必ず負けると思った。なぜなら、木村が名人位を失う時に漠然と「時代」を感じて敗北の予感に怖れたよりも、もっとノッピキならぬ切実さで、塚田は追いつめられるに違いないから。なぜなら、十年不敗の木村が塚田の実力を怖れたよりも、今日の塚田は十年不敗の木村の実力を知っており、その木村が闘志と気魄で第五局目の彼を威圧するに相違ないからである。モミジの二階では、まだ闘志を感じているだけで怖れずに済んでいるが、四局を失ったあとの五局目では、ノッピキならぬ恐怖の対象となって彼の前を立ちふさぐに相違ない。

「第五局があると思っちゃいかん。あとはないものと思って、第四局で勝負をつけないかん」

と升田が塚田をいましめて云った。ほんとかな、と私は思った。親友は、ほんとに、そう思っているのかな。空々しかった。

第四局は果して木村が勝った。私はさっそく文藝春秋新社へ出向いて、第五局を見物して書きたいから、毎日新聞社へ許可をもとめて欲しいと頼んだ。

まもなく、こんな噂(うわさ)が伝わってきた。升田が人に云っていると云うのである。オレは塚田とは親友だが、今度は親友が負けて、木村が名人位を奪還するだろう、と。彼には分る筈である。升田は人間の勝負心理については、文士のように正確に知っている。私がモミジの二階で感じたよりも、もっと深く、彼は親友の敗北について感じていたかも知れない。

★

第五局は、皇居内の済寧館で行われるという思いもよらぬこととなり、大手門を通過する為の胸につける造花などが届けられて、私は慌てた。私はネクタイをもたないから、先ずネクタイの心配から始めなければならない。どうも礼儀は苦手であるから、心細い思いをしたものだ。

自動車で乗りつけなくちゃァ悪かろうと、東京駅からタクシーに乗ったが、滑りだして一分間ぐらい、ハイ、大手門です、と降された時にはテレました。門衛が五六名いて、当日参観者の名簿に照し合わせて通過を許してくれる。

皇居内と云っても大手門をくぐって、とッつきに在るのが済寧館で、誰でも行けるパレスコートがもッと奥手にあるようである。私の到着が九時四十五分。対局開始の十時に十五分前であった。

下駄箱の並んでいる玄関があって、小学校のようである。すぐ道場へ行ってみると、なんとも広い道場である。柳生の道場が十八間四面というのは講談本でオナジミであったが、ここは矩形の道場で、玉座を中に、剣道と柔道に二分され、柔道の方は四囲に板の間を残してチョボチョボと畳がしかれている。その畳が百三十五畳あったようだ。道場全部を通算すれば、どれぐらいの広さになるのだか、キャッチボールはおろかなこと、子供は野球ができるのである。

畳敷きの上の玉座寄りに緋モーセンを敷き、三方を四枚の屏風でかこって、八畳ぐらいの対局場ができている。ボンサイだの木彫などの飾り物がおいてあるが、こんな物でも運んでこなければ殺風景で困ったろう。一見して、どうしてもハラキリの場という舞台面である。それ以外の何物でもない。事実に於て、どちらか一人がハラキリをするようなものであるから、まことにどうもインサンである。

道場の壁板には段級名の名札がかけてある。皇宮警察というような、お巡りさんの道場なのだろう。広さは広いが、安普請であった。皇居内の建造物というので、国宝級の重々しい建物を考えていた参観者には案外なものであった。

柔道の畳だからバネが仕掛けてあるのである。そのせいで、畳の上を人が一人歩いても、対局場がブルブルふるえる。どんなに静かに歩いてもブルブルふるえるのである。私は始め、十何間に二十何間という柱なしの建物の上に、安普請のせいで、トラックが通るたびに揺れるのだろうと思っていた。

「今はいいけど、夜になったら、畳の上を歩く時に注意してもらわなくちゃア」

と、木村は対局前にひどく気に病んでいたが、私にはその意味がのみこめなかった。対局前の道場は参会の人と各社の写真班で人だかりが出来て右往左往していたから、畳の上を歩くために揺れるのだということが分らない。

ところが木村は、対局の前日、毎日新聞を訪ね、済寧館の下見をしていたのである。ここにも木村のこの一戦に賭けた心構えが見られるのである。十年不敗の名人位についていたころの、東奔西走、夜汽車にゆられて寝不足で対局場へ駈けつけたころの彼ではない。二年間の名人位失格は彼に多くの教訓を与えたのだ。彼はもう根柢的に謙虚であったし、一局の勝負に心魂をささげつくす勝負師であった。対局前日に対局場の下見をして、人が畳の上を歩くたびに畳敷きの全体がブルブルふるえることも知っていたし、恐らく皇居というと勝手が違って、門衛だの、どっちへ行ったらいいのやら、対局当日にはじめて出かけたのでは色々と慌てて取り乱すこともあるかも知れない。そういう心配が起るのは当然で、一介の見物人にすぎない私ですら、対局場へ辿（たど）りつくまでは異様な気持であった。

私自身のそういう不安に思い合わせても、木村が対局前日に下見をしたという心構えには、彼の万全の用意が見られるのである。対局二日前に、湯河原ならぬモミジの二階で酔っていた塚田と比べて、これらの心構えの相違はハッキリ勝負にでてくるはずだ。塚田のあれは第四局目であり、第五局目ではなかったけれども、もう遅い。あそこでまいた種がここで芽をだすのであり、すべてこれらの心構えというものは、一朝一夕のものではない。十年不敗の木村は十年間にまいた種の累積の上で、宿命的につぶれたのであり、塚田はこの二年間の心構えのアゲクとして、遂にこの第五局へ持ちこんでしまったのである。

私が対局場へ行って、二三分ブラブラしていると、塚田木村両対局者が対局場へ現れた。塚田は例の無口、無愛想で、知人がいても挨拶する気もないらしく、木村は知った顔に挨拶して、私にも、御カゲンがお悪かったそうで、いかがですか、などと云ったが、ソワソワして、どことなく落付きがなかった。

定刻十分前に二人はもう盤に向って坐る。カメラに入るためだ。十組にあまるカメラマンが前後左右からフラッシュをたく。駒を持って下さい、とカメラマンが先番の木村にたのむ。

「今、駒を持っちゃア、こまるよ、その手をやらなくちゃア、いけなくなるからね」

と、木村は困った笑い。まア、いいや、じゃア、こう、駒を持ち上げた手ぶりをしよう、と、駒をとって、盤の上へ手をふりあげた形をつくる。

私も、西村楽天、大山八段などと盤側にならんで、うつされる。

「じゃア、カメラの方は十二時の休憩まで、ひきとって下さい」

定刻がきたのである。盤側にのこったのは、記録係のほかに、倉島竹二郎君と私、そのほか二人ほど居るだけ。あたりは静かになったが、フラッシュの閃光と、入乱れる跫音（あしおと）が八方を駈けくるった慌しさは、それから十分すぎた後も、私の気持すらも落付かせようとはしない。すでに、十時、そのまま対局は始ったけれども、まことにケジメがつかない。

木村一分考えて二六歩、塚田すぐ八四歩、二五歩、八五歩。ここまできて、五手めに、木村の長考がはじまった。

対局といえば、しょっちゅうタバコをふかしているようなものだが、十分すぎても、どちらも、まだタバコをとりださない。先ず木村がタバコをとりだす。つられたように塚田もタバコをとりだす。木村、キョーソクにもたれる。塚田の顔はマッカである。日やけかしらと私は思ったが、塚田は酒をひッかけたらしいぜ、と誰かが云った。あるいは、そうかも知れない。万全の用意をつくして対局場の下見までした木村ですら、なんとなくソワソワと落付きがない。塚田には追われる不安があるし、心構えの累積からきた圧迫感があるはずだ。それをハグラカスために、あるいは酒という窮余の手を用いたことも、有り得ないことではないのである。

「ほんとに飲んだの？」

と、私がきいたら、その人は慌てて、

「いえ、そう思っただけです」

と、言葉を濁した。彼はその日の世話係の一人であった。

五手目が木村七六歩。ここに、三十三分使った。たった八時間の持時間に、いつも終盤時間ぎれで苦しむ木村が、こんなところで三十三分も考えるのは、おかしい。彼は心の平静をとりもどすために、三十三分を浪費したのだろうと私は思った。木村はギッチョらしい。左手で駒の曲っているのを直してみたり、酔っ払いのようにグッタリとキョーソクにもたれて四十度ぐらいも傾いてボンヤリ天井をむいてタバコをふかしている。落付こう、落付こう、と努力しているのだろう。そして実際に、この三十三分のムダ使いによって、その後の彼は一手ごとに延び延びと落付いてきた。今まで見た彼の対局のうちで、この日ほど彼の心が平静だったのを私は見たことがない。

三二金、七七角、三四歩、八八銀、七七角成、同銀、二二銀、四八銀、三三銀、七八金、六二銀、六八王、六四歩、四六歩、七四歩、四七銀。

ここまではノータイム。塚田はじめて、三分考えた。袴(はかま)の中へ両手をつッこんでキチンと上体を直立させている。はじめから終盤のように神経質である。徹夜で指しきる将棋は夜が更(ふ)けて終盤近くなると、対局者は充血してマッカになり、コメカミに静脈が曲りくねって盛りあがるものだ。木村も塚田もそうである。木村が名人位を失った二年前の対局では、その盛りあがって曲りくねった二人の静脈が、今も私の目にしみているのである。ところが、この対局の塚田は、盤に坐ったはじめから、すでに終盤のように神経質で、充血し、コメカミに静脈がもりあがっていたのだ。彼の心はコチコチかたまって、なんの余裕もないように見えた。

六三銀（三分）、三六歩、四二王、一六歩。

そのとき塚田便所へ立つ。倉島君が顔を上げて、ええと、便所はねえ、それから立上って、案内に立った。私も便所がどこにあるのか知らないが、よっぽど遠いところに在るのだろう。

塚田が便所から戻ってくると、木村が記録係に、オ茶、とささやいた。記録係の方へ、グッと上体をねじりよせて、ささやいたのである。その隣席の私には聴きとれない小声であった。読みふける塚田を思いやってのことであろう。木村がこんな配慮をするのも、私は今まで見たことがなかった。記録係が戻ってくると、毎日新聞のオバサンが礼儀正しく、畳敷きの外側の板の間だけをグルッと一周してオ茶を捧げて持ってくる。畳の上を歩くと地震のようにゆれるから、これも木村の注意によるのかも知れない。私は対局場の揺れるのが畳をふむためだということを、まだその時はさとらなかった。そして、皇居内ともなれば、万事小笠原流に、しとやかなものだと感心していたのである。そのうちに、見物人も私一人となって、対局者が便所へ立ったりすると、きわめて静かに歩いているのに、全体がブルブルふるえるのである。なるほど、木村はちゃんと調べていたのだな、と、その時になって判ったのである。

塚田二十分考えて、五二金。そして咳ばらいをする。木村タバコをくわえ、左手でマッチをする。やっぱりギッチョである。然し、駒台は右の方においてあり、駒を動かすのも右手である。タバコをくわえて、フラリと便所へ立った。

木村十八分考えて、一五歩。パチリと叩きつけた。終盤になり、顔面朱をそそいで静脈がもりあがるころになると、両々自然にパチリと叩きつけるようになる。時には、パチリ叩きつけ、もう一度はさみあげてパチリと叩き直す。塚田も木村も次第にそうなるのである。然し、パチリと叩きつけたこの日の第一回目は、これが始まり。

塚田五四銀、五六銀、とノータイム。ちょッと考えて四四歩。

木村十一分考えて、極めて慎重な手つきで、五八金、パチリとやる。合計木村六十三分。

三一王、七九王。

塚田は自分の手番になって考えるとき、落ちつきがない。盤上へ落ちたタバコの灰を中指でチョッと払ったり、フッと口で吹いたりする。イライラと、神経質である。二年前の名人戦で見た時は、むしろダラシがないほど無神経に見えた。午前中ごろは木村は観戦の人と喋(しゃべ)ったり、立上って所用に行ったり、何かと鷹揚(おうよう)らしい身動きが多かったのに、塚田は袴の中へ両手を突っこんで上体を直立させたまま、盤上を見つめて、我関せず、俗事が念頭をはなれていた。今と同じようにウウと咳ばらいをしたり、ショボショボとタバコをとりだして火をつける様子は同じであるが、それが無神経、超俗という風に見えた。今日は我々にビリビリひびくほど神経質に見えて、彼は始めからアガッているとしか思われない。木村が次第に平静をとりもどしたにひきかえて、塚田の神経はとがる　方に見えた。

塚田、八分考えて、七三桂。消費時間、合計三十一分。

木村、十六分考えて、八八王。

茶菓がでる。木村すぐ菓子を食い終って、お茶をガブガブとのみほしてしまう。塚田、六五歩（八分）それから菓子をくいはじめる。ちょッとしか食べない。お茶もちょッとしか飲まない。

木村、三七桂（十四分）パチリと打ち下して、タバコをグッと吸いながら、記録係の方をジロリと睨む。

塚田、四分考えて、ウフ、ウフ、ウフ、と咳ばらいをしながら、二二王。

木村、九六歩（二分）。塚田、九四歩、ノータイム。

木村、片手をついて身体を記録係にすりむけて、何かヒソヒソと云いかけると、塚田が便所へ立った。すると記録係も立ち去り、塚田が便所から帰ってまもなく、オバサンが例の小笠原流、板敷の上をグルッと一周して、お茶を捧げてきた。今度も、木村のヒソヒソ声はお茶の注文であったらしい。すぐガブガブと飲んでしまった。塚田も一口お茶をのむ。二人は同じように腕組みをしたまま、全然身動きがない。木村の手番なのである。沈々黙々たるままに、午後一時がきて、昼休みとなる。

二時半、再開。

見物人は、午前中の中程から、私ひとりである。ほかの人たちは、みんな控室にいる。控室は二つあって、一つは毎日新聞の招待客。一つは各社や、ラジオ、ニュース映画などの記者控室である。

一手指すたびに、記録係が指手と使用時間を書いた紙片を屏風の隙間から出しておく。毎日新聞の係りが見張っていて、ソッと忍び足でやってきて、これを控室へ持ちかえる。ここには、土居、渡辺、升田、大山、原田、金子等々の八段連がつめかけていて、指手の報らせがくることに研究がはじまるのである。

人々は畳の上を歩く時は、注意して忍び足で歩いているが、どうしてもブルブルふるえる。対局場に人の姿がへってヒッソリすると、どんなにひそかに歩いてもダメである。

「ブルブル地震のようだね」

と、木村がふと顔をあげて云った。

「終盤になったら、歩くのに、注意してくれたまえ」

と、記録係に念を押した。

休憩後、坐って十分間ほど考えたと思うと、木村は立って、便所へ行った。生理的なものよりも、気分的な必要によるもののようである。

木村、四八飛と廻った。昼食前から考えて、合せてこの手に六十六分。消費時間は合計百六十一分。塚田はまだ四十三分である。

塚田、ここで、長考をはじめる。ここが策戦の岐路、運命の第一回目の岐れ道だぞうである。

小笠原流のオバサンが三時の茶菓を運んできた。見物人は私ひとりである。木村、ふと私の前に茶菓のないのを認めて、坂口さんにも、とオバサンに言う。木村、便所へ立つ。私へも茶菓がきたので、私はゼドリンをのむ。どうも、ねむいから、仕方がない。

私はこの二月以来ゼドリンを服用したことがない。アドルム中毒で精神病院へ入院して、退院以来、一般の発売も禁止されたし、これを機会に、覚醒剤も催眠剤も用いない決心でいた。けれども、この日は考えた。眠くなることが判っているのである。ほかの参観人は将棋の専門家、又は、好棋家で、棋譜をたのしむ人たちであるから、控室で指手を研究して愉(たのし)んでいるが、私は将棋はヘタクソだから、そうは、いかない。もっぱら対局者の対局態度を眺めているのが専門で、だからこそ、ほかの見物人はみんな控室でワアワアやっているが、私だけは盤側を離れたことがないのである。哀れな見物人である。指手の内容が分らないのに、二時間の長考にオツキアイをしているのだから、バカみたいなもので、ねむくなるのは当然だ。仕方がないから、覚悟をきめて、ゼドリンを持ってきた。昔、たくさん買いこんだゼドリンが、まだ残っていたのである。

塚田、ぼんやり立って、足をひきずるように便所へ去った。もう四十分ちかく考えている。塚田が立ち去ると、木村は記録係に向って、ニコニコした笑顔で、

「濡れたタオルがあるといいね」

と相談をもちかける。旅館だったら、そんな気兼ねもいらないだろうが、皇居の中では事面倒で、記録係も立ち上ってウロウロして、

「あるでしょうか。忘れまして」

と悲しそうな顔である。

「ああ、いいよ。なければ、いいよ」

木村は笑顔で慰める。年若い方の記録係が不安な面持で去った。

「対局は冬がいいね。夏は暑くて」

記録係の山本七段に話しかける。木村の笑顔は澄んでいる。彼の心の平静さが、よく現れている笑顔である。私は彼と一しょに名古屋へ旅をしたが、汽車の中では、彼はこんな風に平静で、いつも静かに笑っている男であった。然し、対局の最中に、こんなに静かに冴え冴えとした笑いをうかべて、気楽に話しているのを見たことはない。

非常にむし暑い日であった。外はどうやらポツポツ雨がふりだしている。湿気の深い暑さなのである。山本七段と私が立って、道場の窓をあけてみた。いくらか涼気がはいってくる。

「ねえ。羽織、とろうか」

彼は私に笑いかけた。

「その方がいいでしょう」

と私は答えた。

木村が羽織を脱ぎ終ったところへ、塚田が便所から戻ってきた。羽織をぬいだ木村の姿をチラと見て、彼も黙々と羽織をぬぎ、無造作にグチャリと投げだした。

小笠原流のオバサンが冷水でしぼった手拭いを持ってきた。

塚田は、また、長考をつづける。

木村、今度はヒソヒソ声ではなく、茶を一杯ください、とハッキリと云った。山本七段が立って、しばらくすると、毎日新聞の係りが私をよびに来て、

「一番むずかしいところだそうですから、ちょッと席をはずして下さい」

私はすぐうなずいて去った。道場を出るところで、佐佐木茂索氏にパッタリ会った。

「今、来たところでね。どうです、形勢は」

と、見に行こうとするのを、これも注意をうけて、

「ああ、そうですか。そうだろう。無理もない」

と、私と一しょに控室へはいった。二年前の名人戦はそうではなかったが、この名人戦は、むつかしいところへくると、見物人に退席してもらうことになっていたのである。

控室へ行くと、佐佐木氏が、

「どうです。君の予想は。どっちが勝ちますか」

「木村ですね」

私は即坐に答えた。

「木村の落ちつきは大変なものです。あんなに平静な木村の対局ぶりは見たことがありませんよ。気持が透きとおるように澄んでいますね。アベコベに、塚田は、堅くなって、コチコチだ」

茂索さんは、ふウン、という顔をした。彼は塚田に賭けていたのだそうである。

★

こんなに賑やかな控室風景は珍しい、将棋の八段が〆めて五十何段つめているところへ、碁の藤沢九段、素人五段安永君など勝負師がより集って、碁将棋に余念もない。遊び事に専門の方をやりたがらぬのは自然の情で、将棋指しが面白そうにのぞきこんでいるのは碁の方であり、碁打ちは将棋をのぞきこんでいる。

そのうちに、面白い勝負がはじまった。大山八段と二枚落ちで指しわけた安永五段が、よし、碁でこい、と七目おかせて、やりだしたのである。大山八段は、碁の打ち廻しは私と同じ程度のようである。違うところは、彼が天成の勝負師だということである。安永五段は下手名人と自称し、下手をゴマ化すのに妙を得ている。そのゴマ化しに大山八段はかからない。ジッとひかえて、ムリを打たない。よく置石を活用してガッチリと押して行くから、安永五段は文句なしに二局やられてしまったのである。

「大山に七目おかせて、安永が勝つもんか。てんで勝負にもならせん。七目なら、オレはいつでも大山にのる。どうだい。やろうじゃないか」

倉島君がひやかした。よし、やろう、ということになって、安永君も真剣である。

よッぽど、口惜しかったらしい。白の方が黒の何倍も時間をかけて考えこんでいる。かなり良い碁に持って行ったが、やっぱり白がつぶれてしまった。

私は大山八段を見たのは、この日が始めてである。原田八段も、そうだ。将棋の力というものは私には分る筈はないのだが、勝負師という点では、大山はちょッと頭抜けているようだ。

私は木村、升田とは碁を打ったことがある。どっちも力碁で、升田ときては、ひッかき廻すような碁であるから、まだ力の弱い大山は升田にひッかき廻されて負けるそうであるが、力が弱いのだから仕方がない。然し、持っている力をどれだけ出しているかと云うと、大山は十分に出しきって、ほとんど余すところなく、升田は勇み肌でポカも打つ。

碁に於けるこの性格は、本職の場合も当てはまるに相違ない。大山にはハッタリめいたものがないのである。非常に平静で、それを若年からの修練で身につけたミガキがかかっているのである。兄弟子に升田のようなガラッ八がいて、頭ごなしにどやされつづけて育ったのだから、平静な心を修得するのも自然で、温室育ちという生易しいものがないのである。勝負師の逞(たくま)しさ、ネバリ強さは、升田の比ではないが、大山がここまで育った功の一半は升田という柄の悪い兄弟子が存在したタマモノであったかも知れない。これに比べると、東京方の原田八段は、棋理明晳であるが、温室育ちの感多分で、勝負師の性格の坐りというものが、なんとなく弱々しく見受けられた。

大山と私は、この対局がすんでから、NHKの依頼で、対談を放送した。私は将棋を知らないのだから、対談なんて云ったって、専門家を相手に語るようなことはない。アナウンサーが私に質問してくれれば、それに応じて感想ぐらいは語りましょう、と引受けておいた。

イザ放送がはじまると、アナウンサーはひッこんで否応なしに対談となり、なんとなくオ茶は濁したけれども、まことにツマラナイ放送になった。そのとき、大山八段が、いかにもションボリした顔で、私に向って、

「坂口さん、打ち合せておいて、やれば良かったですね」

残念そうであった。大山は、こういうグアイに、放送に際しては、演出効果まで考えている男なのである。対談に於て、構成を考えている。心底からの図太い勝負師であった。

夕食休憩になったが、私が対局場を去って以来、塚田が七十五分考えて、六四角、

と一手指しただけであった。それからの二時間あまり、木村が考えつづけて、まだ手を下さぬうちに、七時夕食となったのである。

八時に再開。対局場の中へはいっちゃ悪いから、道場の片隅から、私はソッと見ていた。木村がにわかに駒をつかんで、パチリと叩きつけ、もう一つ、強く、パチリと叩きつけた。それが八時二十分。外は雨。宵闇がたれこめて、明暗さだかならぬ、イヤラシイ時刻であった。

木村の指手は、四九飛。この手に百五十七分つかって、合計三百十八分であった。

塚田、六三金（四分）木村、二十六分考えて、二六角。それから、四三銀（三分）四五歩（二十七分）五四金、四四歩、同銀左（三分）四七金、八六歩（三十八分）同銀、五五銀、四五銀（二十五分）

このとき、凡（およ）そ十時半。四囲はとっぷり闇につつまれ、光の中へ照らしだされた屏風がこいの緋モーセンは、いよいよもってハラキリの舞台であった。

ここで、又、塚田二回目の長考がはじまった。この時までの消費時間、木村の三百九十六分に対して、塚田はわずかに百六十三分であった。

控室へきてみると、もう碁将棋で遊びふけっている者はいない。部屋の中央へ将棋盤をだして、土居、大山が盤に対し、金子八段が盤側にひかえて、駒をうごかし、次の指手の研究に余念もない。将棋はまさしく勝負どころへ来ているのである。

土居、大山、金子の研究では、どうしても木村よし、という結論になる。そこへ倉島竹二郎がやってきて、オイ、記者室の方で升田と原田がやってるが、あっちじゃ、塚田よしの結論だぜ。大山は木村に似た棋風だから、木村の思う壺の結論がでるんだよ。升田は塚田に似た棋風だから、この部屋の連中の気がつかない手を見つけているんだ、と報告した。

「そいつは面白い」

と、豊田三郎が記者室へ走って行った。私も記者室へ行って、原田八段から説明をきいたが、必ずしも塚田がいいという結論ではない。結局、ここの指手の研究では、原田八段が最も偏せず、あらゆる場合を読みきっていたようである。彼の研究相手は渡辺八段。升田は私と入れ違いに、私たちの控室へ行っていた。

問題は、つづいて、四五金、同桂、四四歩まできて先の変化で、下手からは六三金と打ちこむ手がある。大山はこのあたりで、も一つ控えて、上手の銀の打ちこみを防ぐことを主として考えていたようである。この方法で、大山の通りに行くと、木村必勝の棋勢となってしまうのである。

このへんの細いことは無論私には一向にわからない。わからなくって書いているのだから、私自身もバカバカしいが、まア、怒らずに読んで下さい。間違っていても、責任は負いません。大山は木村に近い棋風だから、木村のいい将棋になるのだと倉島竹二郎がいう。そして、升田は大山の気付かぬ手を指しているぜ、という。それが三八銀と打ちこんで飛車に当てる手であった。敵から六三金打ちへの防ぎをほッたらかしていた。

ところが、これも八段連が考えてみると、飛車が七九へ逃げる。銀が二三へ成る。角が五九へ逃げて、つづいてこの角が七七へ廻ることになると、やっぱり木村がいくらかいいという話だ。塚田の成銀が遊び駒になる上に、七七へでた角が敵王のコビンに当る急所を占めるからである。

ところが原田八段は、この当りを消すために先ず六六歩、同歩と歩をつきすてて一歩呉れておくことを考えていた。そして、こうなると、まだ形勢は不明で、わからんと云っていた。

これを教えてもらって控室へ戻ってくると、大山、土居、金子に升田も一枚加わって、今原田から教わってきたと同じことに一同がちょうど気がついたところであった。

「何や分らん。もう、知らん」

升田は目の玉をむいてニヤリとして、

「オレ、ちょッと、ねむりとうなった」

とキョロキョロあたりを見廻したが、敗残兵のようなのが五六人、右に左に入りみだれて隅の方でねむっているから、場所がない。然し、彼は元気がよく、眠りに執念している目付きでもなかった。

そこへ、八十三分の長考が終り、塚田の指手を報らせてきた。

六六歩。

まさしく原田の読んだところ。そして又、他の八段も今しもそれに気付いたところだ。控室に、ワッと、どよめきが、あがった。木村はそれをノータイムで、同歩、ととっているのである。

「塚田名人、強い」

升田が我が意を得たりと、ギロリと大目玉をむいて、首をふった。それだけでも、ほめ足りなくて、

「ウム、強いもんやなア。この線、読みきったんや」

と、指で盤を指して、すぐ引っこめた。つまり、塚田が読み切ったという、この線を指し示したわけだが、四筋だか、七筋だか、六筋だか、人垣に距てられていた私には分らなかった。

「なんぼうでも、手はでてくる。きわまるところなしじゃ」

と、土居八段が、もう研究がイヤになったか、大きく叫んで、ねむとうなった、研究はヤメじゃ、という意志表示をやった。そのとき、十二時五分前だ。

持ち時間があといくらもない木村が、又、長考にはいる。八段連の研究によれば、いよいよ四筋の戦いとなり、塚田が三八へ銀を打って、木村の飛角が逃げる段どりとなるのである。この筋を最も早く見出した原田によれば、形勢不明、戦いはその先だということである。

某社の人が私のところへゼドリンをもらいにきたが、ちょッと声をひそめて、

「坂口さん、今、木村前名人がフラフラと便所へ行ってますがね。ひとつ、前名人にもゼドリンを飲ませてくれませんか」

「疲れていますか」

「ええなんだか、影みたいにフワフワと歩いて、ちょッと痛々しいですよ」

「そうですか。じゃア、飲ませましょう」

当年四十五歳の木村は、夜になると、疲れがひどい。午前二時の丑ミツ時が木村の魔の時刻と云われて、十二分の勝ち将棋を、ダラシなく悪手で自滅してしまうのである。今期名人戦の第一局がその一例で、こうボケちゃア、木村はダメだと私が思いこんでいたのは、そのためだ。こうなると、肉体力は勝負の大きな要素である。

私は一年半ほど前に、木村にゼドリンを飲ませて、勝たせたことがあったのである。例の名古屋に於ける木村升田三番勝負である。木村の疲れが痛々しいので、夕食後にゼドリンを服用させた。そして、木村はこの対局に勝った。翌朝彼は、どうも、あの薬は、よく利きますが、あとが眠れなくって、と、目をショボショボさせていたものである。碁将棋の連中ぐらい、この薬を用いるに適した職業はない筈であるのに、妙に、誰も知らないから、不思議である。彼らの対局は一週間か十日に一度であるから、習慣になることもない。そして彼らは云い合したように、深夜の疲れを最も怖れているのである。そのくせ、この薬を誰も知らない。

さすがに若さは別で、四十ちかい連中以上が十二時すぎるとノビてしまうのにひきかえ、大山、原田、碁の藤沢などは、翌朝の五時になっても、目がパッチリと、疲れの色がほとんどなかった。

その大山でも私のゼドリンの小箱を物珍しそうに手にとって眺めて、

「これのむと、ほんとにねむくないのですか」

「そうです。だけど、君や藤沢君の顔を見ると、ちッとも疲れたようじゃないね。対局になると、やっぱり、疲れるの？」

「ええ、十二時前後から、頭脳がにぶって、イヤになります」

彼はいつも話声が低く静かである。そして、

「これは、いくらですか」

と、いかにも大阪人らしく、値段をきいた。

「この薬はね。もう薬屋では販売できなくなったから、お医者さんから貰いなさい。名人戦だの、挑戦者決定戦だのと、大切な対局だけに使う限り害もなく、まるでその為にあるような薬だから」

と、私は大山に智恵をつけておいた。私は実際、彼らこそ、この薬を服用すべき最も適した職業の人と考えているのである。名人戦といえば死生を賭けたようなもので

もあるし、覚醒剤の必要な対局は、A級棋士で年に十回、挑戦試合が五回、それだけしかないのである。我々のようにノベツ用いて仕事をするから害になるが、彼らは、年にせいぜい二十回、そしてそこには、元々、死生の賭けられている性質の対局なのだ。

私は某社の人にうながされて、廊下へでて、便所から戻ってくる木村を待った。木村が現れた。フラリフラリと千鳥足、ジッと一つどころに坐りつづけるせいもあろうが、対局棋士の歩行は自然そんな風に見える。

私は彼に寄りそって、

「この前、名古屋でのんだ薬、のみますか」

と、きくと、彼は急にニヤリとして、

「ええ、ありがと。実はね。ボク、お医者から、クスリをもらってきたんです」

そう答えて会釈して行き過ぎたが、ふりむいて、又、ニコニコ笑い顔をした。

「たぶん、坂口さんのと同じクスリじゃないかしら」

云われてみると、踏段を登って道場へ去る彼の足どりはシッカリしていた。又、私に笑いかけた彼の目は澄んでおり、たしかに彼の顔には疲労が現れていなかった。

モミジの二階で、塚田升田が異口同音に云った。第三局は別人だった、と。木村は決してボケていない、と。この次を見ていろとばかり驚くべき気魄と闘志であったという。私はそれを思いだした。

蓋し、近代戦である。これも、まさしく一つの戦場なのである。爆撃下にもおとらぬ死闘であった。年齢的に劣勢な木村が、覚醒剤を用いたとて、咎める方が間違っている。さすがに勝負師の大山が、この薬に並々ならぬ関心をいだいたのは当然であろう。

木村、四十九分考えて、四五金。ノータイムで、同桂、四四歩。ここのあたりは控室の合計五十四段が先刻予想していた通りである。

木村、二十二分考えて、六三金。以下ノータイムで、四五歩。六四金。同銀。ここのところも、控室の予想の通り。

そッと道場へ行ってみる。もう、翌朝の一時半になっている。戸外は風雨であるが、薄暗い道場の中央に、屛風がこいの中だけが照りかがやいて、何一つ物音もなく、ヒッソリしている。木村が手拭で顔をふく。塚田もふく。塚田はそれから眼鏡をとってジュバンの袖でふいている。木村がアグラをかいた。

ほかに見物人はいないけれども、たった一人、異様の人物が端坐している。済寧館の武道教師とおぼしきヒゲのある人物で、坐り方が武術家独特のものである。木綿のゴツゴツした着物に袴をはいて、屏風の中の光の下から二三間離れた薄暗がりに微動もせず端坐しているのである。自然体であるけれども、肩がピンと四角にはって、腰が落ちており、彫刻のようにこの場に似合っているのである。まるでハラキリ見届け役というようであった。

木村が猛烈な力をこめてパチリと駒を叩きつけたのは、ちょうど一時半だった。三七角（二十四分）。これも控室の五十四段が見ていた手である。

この次の手が、運命の一手であった。

私は控室へ戻っていた。五十四段の棋士の中からも落伍者がでて、土居八段がねころんでいる。若い者の天下である。土居八段に代って、金子八段が大山八段と盤に向って研究している。まるまるとふとった碁の藤沢九段が、全然ねむけのない澄んだ目を光らせて、熱心に説明をきいている。ねむる、ねむる、と云いながら、目を光らせて、のぞきこんでアレコレ言葉をはさんでいるのは升田八段である。

二時十分であった。運命の手の報らせが来たのは。

塚田、五二桂（三十九分）

棋士たちが、アッという声をあげた。

「エ？　ナニ、ナニ？」

大声をあげて、人をかきわけたのは升田であった。

「五二桂？　ホウ。そんな手があったか」

誰一人、予想しない手であった。升田の目が、かがやいた。妙手か悪手かわからないが、人々の意表をついたこの一手に、彼は先ず感嘆を現した。

意表をつかれた棋士一同は、にわかに熱心に駒をうごかしはじめた。数分間。

「無筋の手や」と、升田。投げだすように言う。

「無筋ですな」と、金子。

どういう意味だか、私には分らない。私は金子八段にきいた。

「無筋の手ッて、どういうことですか」

「つまりですな。相手の読む筈がない手です。手を読むというのは、要するに、筋を読んでいるんです。こんな手は、決して相手が読む筈のない手なんですよ」

「時間ぎれを狙うてるんや」

と、升田がズバリと云った。その時、木村の時間は、あますところ四十四分であった。木村の読む筈のない手を指した。木村あますところ四十四分という時間を相手にしての塚田の賭博なのである。全然読まない手であるから、木村は面喰う。そして改めて考えはじめなければならない。今まで木村が考えていた色々の場合が、みんな当てが外れたわけで、何百何十分かムダに費されたわけである。そして、あますところ四十四分で、このむつかしい局面を改めて考え直さなければならないのである。あます時間が少いので、木村はその負担だけでも混乱する。そして思考がまとまらぬ。時間は容赦なく過る。木村はあせる。塚田は、そこを狙ったのだ。

私は今期の名人戦はこの一局以外に知らないが、塚田の戦法は、主として、木村の時間切れを狙う同一戦法であったという話である。

棋士一同アレコレ考えたが、先の予測がつかないようであった。ところが木村は、この時まったく勝算があったそうだ。この日の木村は、あくまで平静であった。時間ぎれという、将棋そのものの術をはなれた塚田の奇襲は、まったくヤブ蛇であった。

木村、十六分考えて、四八金。

これも、控室の予想を絶した一手であった。

「渋い手だね」

と、金子が嘆声を放つと同時に、

「流石だなア」

と、升田がうなった。

塚田、九分考えて、三三桂。木村ノータイムで二九飛。

私は又ソッと道場へ忍んで行った。その時午前二時三十五分であった。二時五十分。塚田、駒台から銀をとりあげて、決然たる気合をこめて叩きつける。四六銀（十六分）。ただもう戦闘意識だけという、ちょッと喧嘩腰の力のこもり方であった。負け気味のボクサーが、ただもうテクニックなく、やけくそにぶつかって行くラッシュに似ている。興奮し、ウワズッているとしか思われない。

それに対する木村は、落ちつきはらって、パチリと打つ。二六角（二分）つづいて、塚田、四四桂（七分）六三角（一分）この時までに、木村四百五十五分を使い、塚田は三百七十六分使っている。

ここまでの指手を私が控室へもたらすと、土居、大山、金子、異口同音に、塚田が悪くした、とつぶやく。控室の高段者連、ここで塚田の敗勢をハッキリ認めた。

塚田三六桂（二十分）木村ノータイム、五八金。塚田、また二十分考えて、三五金。

この報らせが来た時、

「アア、あかん」

土居八段はすぐ首をふった。

「塚田名人、どうか、しとる、魔がさしたんじゃ。負ける時は仕方のないもんじゃ。それにしても、ひどい手じゃなア」

「なぜですか」

と、私。

「これは、ひどい手じゃ。せっかくの持ち金を使うて、ただ角道をとめたというだけ、ほかに働きのない金じゃ。これで金銀使い果してしもうて、木村前名人、さぞかし安心のことじゃろう」

土居八段はハッキリあきらめたようだった。彼には塚田に勝たせたい気持があったのであろう。

「オイ、これや。これや。前名人の左手がタバコをはさんで、頭の上へ、こう、あがりおるで」

と、升田がその恰好をしてみせた。勝勢の時の木村の得意のポーズなのである。

それから十分ほどすぎて、次の指手の報らせがきた。

五九角（一分）五四銀（七分）七四角ナル。六二飛。三七歩。

控室の一同が、その指手を各自の手帖に書き終ったばかりの時である。人が一人走ってきた。

「勝負終り。木村が勝ちました」

アッというヒマもない。一同がひとかたまりに道場へ走りこんだ。

二年前に勝った時もそうであったが、負けた塚田も、表情には何の変化もなかった。いつも同じショボショボした眼である。

あとの指手は、六三銀。八三馬（一分）八二歩。三八馬。四二飛。三六歩（一分）同金。三七歩。同銀（一分）同角。四六歩。二四歩（二分）まで。

時に、四時二分。

★

録音機がクルクル廻っている。木村、塚田、金子の三人が放送し、大山と私が対談を放送し、西村楽天氏らが放送した。夜は明けていた。

私が控室へ戻ってみると、升田がひとりハシャイでいる。思うに彼は、すでに来年の挑戦試合を考え、自らを挑戦者の位置において、亢奮(こうふん)を抑えきれないのであろう。

「悪い手を指すもんじゃのう。塚田名人ともあろう人が。日頃の鋭さ、影もない。負ける時は、ああいうものか」

升田は小首をひねって、

「然し、木村前名人は、いや、すでに木村名人か。木村名人は、強い」

ひとりハシャイでいる。

大山がソッと戻ってきて、私に並んで、窓を背に坐った。彼はいつも物音がなく、静かであった。私は大山にきいた。

「木村と塚田、どっちの勝った方が、君にありがたいの?」

「さア?」

「升田は木村が勝ったので、ハリキッているらしいが、君は塚田が勝った方がうれしいんじゃないかね」

「そうでもないです。別に僕には、どっちがどうという区別はないです」

然し、こういう問題について、棋士の表現は大方当てにならないと見なければならない。みんな本心を隠し、時にはアベコベに表現する。大山はいつも平静で、敵をつくらぬ男であるから、なおさらである。放送で対談したとき、塚田の五二桂は時間ぎれを狙った手でしょう、と私がきいたら、イヤ、そうでもないんです、と彼は言葉を濁した。ところが塚田自身は、木村、金子との放送で、自らハッキリと、あれは木村の時間ぎれを狙った手であったと言っているのである。大山は、本当のことを言うことなどは念頭にないのである。それを当然だと思っている。そして、私との対談に前もって打合せなかったことを後悔し、対談の構成とか、演出の効果を主として考えているのである。この図太さは、棋士多しといえども、大山をもって随一とする。頭抜けたアクターであり、その底にひそむ勝負師の根性ははかり知れないものがあるようである。

人づてにきいたところによると、升田は親友が名人位を失ったので、その日一日ヤケ酒をのんだという。もとよりウソッパチであろう。彼ぐらい木村の勝利に亢奮し、来年の挑戦を夢みて、すでに心も浮き立つ思いの者はいない筈なのであるから。その点、升田もアクターであるが、ちょッとアチャラカのアクターであり、大山は本舞台のアクターという感じであった。

木村と塚田が肩を並べて私たちの控室へやってきた。木村の顔は明るかったが、わざと明るさを隠すように、人々の肩の後へ隠れ、壁にもたれて坐った。塚田は入口へペタンと坐った。

「僕の負け方は、見苦しくなかったでしょう。僕は見苦しくなかったと思ってるんだけど」

塚田は人々を見廻して、きいた。ちょッと敵意のこもっている鋭さであった。

「見苦しくなかったとも。みんな、感心してまっせ。実に立派な態度やった」

と、誰かが云った。私が放送室でチラときいた時も、塚田は、負けた態度が見苦しくなかったろうときいており、又、参観の人々は、名人位を失った塚田の態度がいつもと変らず、実に立派だということを口々に言い合っていた。

まだ二人が対局中の控室でも、誰かが云っていた。木村は勝った時のこと、負けた時のことを考え、負けても取り乱さないように、充分心をねり、覚悟をかためてきているそうだ、ということを。負けた時に見苦しい振舞いのないように。まことに悲しい思いであるが、彼らが、そこまで心を配らなければならないのも、心構えとしては当然かも知れない。

私は然し思うのである。ムダなことだ、と。勝つか、負けるか、試合の技術に全力をつくすだけでタクサンじゃないか。ほかは余計なことである。全力をつくし、負けて、泣きくずれたって、いいじゃないか。名人ともあろうものが、負けて、泣いて、とりみだして、という、そういう批評の在り方が間違っているのである。

私は先日、刑務所からでている雑誌をもらった。その中に、死刑囚についての座談会があり、刑務所長やら教誨師やらが死刑囚を語っているのだが、死につくときの死刑囚の態度が立派だということを述べて、死に方が立派で、とりみだしたところがないために、その人間が魂の救われた人であり、まるで英雄のようにさえ語られているのであった。それに対して、小川という人が、たった一人、こう云っている。

「そうかなア。立派に死ぬということが、そんなに偉いことなのかなア」

この人のつつましい抗議は、この座談会では一顧も与えられていないのである。名人戦の参会者も同じことだ。死に方、負け方が見苦しくないなどと、ひそかに感嘆をもらしているのである。こういうバカバカしい人々にかこまれて、見苦しくない死に方、負け方などに執着している塚田が、気の毒でもあったが、私はバカバカしくて仕方がなかった。

とりみだして、泣くがいいじゃないか。変なところへ気を使わずに、あげて勝負に没入するがいいじゃないか。そんなことよりも、将棋そのものの術をはなれて、相手の時間ぎれなどを狙う策戦の方がアサマシイじゃないか。私は、塚田は敗ける性格であったと思う。はじめから圧倒されており、負けるべきことを感じており、はじめから小股すくいを狙っており、そして負ける者のあの気魄、負けボクサーのヤケクソのラッシュをやっただけの闘志であったと思う。彼は対局のはじめからアガッていて、最後まで平静をとりもどしていなかった。

誰かが木村に云った。

「持ち時間を長くしなきゃ、いけませんね。名人戦に時間に追われるなんて、ひどいですよ。せめて名人戦だけは」

と、月並な言葉であった。なぜなら、誰しも云っている言葉であるし、木村自身が、二年前、名人位を失った時に、アア、時間に負けたと叫んでいることでもあるからである。ところが、この時の木村の返事が変っていた。彼は無造作に答えた。

「イヤ、君。時間はいくらあったって、同じことだよ。時間がたくさん有りゃ、はじめのうちに余計考えるだけのことで、どのみち終盤で時間がつまるのは、おんなじさ」

仰有(おっしゃ)いましたね、というところだろう。これだけ考えが変っただけでも、この二年間は木村にムダではなかったのだろう。

升田が木村の前へすすみでて、

「これで木村名人は歴史に残る人となった。名人位をとり返さな、歴史に残らん」

斜にかまえてガラガラと力一杯の大声。宣告しているようである、神がかり、歴史がかり、というのだろう。

木村と塚田は自動車で帰った。私と大山は肩をならべて、まだ人通りのすくない濠端から東京駅、京橋へ歩いた。私たちは毎日新聞の寮へ行って、酒をのんだ。私はまだ二十七の風采のあがらぬこの小男の平静な勝負師が、なんともミズミズしく澄んで見えて、ちょッと一日つきあいたい気持がしたからであった。

（『別冊文藝春秋』一九四九年八月）

九段

東京は小石川に「もみじ」という旅館がある。何様のお邸かと見まごうのは、もとは何様かのお邸だから当り前の話。旧財閥や宮様の邸宅別荘が売り物にでて大旅館や料亭になっているのは全国的な現象で、この旅館に限ったことではない。

ここが他といくらか違うのは、旧財閥の邸宅を買いとって旅館をひらいたのが、旅館業者や玄人筋ではなくてズブの素人。それも売った方と同じような身分のまア斜陽族——しかし、あかあかと斜陽を身にあびている没落者とちがって、こっちの方は瞬間的に没落期間があったかも知れないが、今では押しも押されもしない第一流旅館、大宴席。夕べともなれば高級車がごッた返して門前に交通整理の巡査が御出張あそばすほどの大繁昌だから斜陽などとはもっての外で、日蝕族とでも言うのだろう。ちょッと瞬間的に暗い期間があったただけさ。

もう一つ変っているのは、ここの経営者は三人の姉妹であるということ。斜陽族に三人姉妹とくればチエホフにきまっているが、どういたしまして。さッきも申上げた通りの商売大繁昌、ニヒリズムなどと病的なるものは当家のどこにも在りやしない。

三人姉妹にはそれぞれ旦那様のいらせられるのはムロンであるが、これは主として帳場に頬杖をついて帳づけなどに若干の精をだし、麻雀には見るからに精を入れていらせられるけれども、運転手の公休日や寝た夜などにお客を送り迎えするのは旦那様方で、そのチームワークは至れりつくせりである。

さて、三人姉妹の呼び方がむずかしいや。日蝕族に何か天啓があって、これだ、と思ったのかも知れんが、一番姉さん、つまりこの旅館で最も敏腕を揮う中心人物を「オカミサン」というのである。二番目の元三田の小町娘は姉さんよりも身長が高く、テニスがうまい。そのほかはゴルフをやっても碁をやっても英語をやっても万端姉サンに歯が立たない。これを「マダム」というのである。三番目のおとなしい妹を「奥サン」というのです。もう一ッぺん順序通りに並べて書きますから、まちがえないように覚えていただきます。一、オカミサン。二、マダム。三、奥サン。私は女中たちが彼女らの女主人の一人について語るとき、それが三人の中の誰であるかということを正しく判断するまでにはほぼ三年の歳月を要したのである。

姉サンだけあって、オカミサンの才能は抜群らしい。デブデブふとった女将タイプとはちがって、小柄の痩せぎすのいかにも女らしい美人であるが、見かけによらぬ敏活なところがあるのである。ゴルフとダンスは達人の域だそうだ。碁は増淵四段に師事し、旅館業をはじめてから習い覚えたのが、五年目に初段格。毎週一回英国婦人が英語を教えにくる。バイヤーの旅館だから英語の心得がいるのである。私が時々仕事部屋に使う離れの付属座敷が教室で、勉強の様子が手にとるように聞えてくる。はじめは一家族、女中に至るまで出席していたが、自発的に脱落して、いまではオカミサンがただ一人の生徒である。彼女の会話の稽古は閃くままに間違った単語を喋りまくるという心臓型であるが、閃かない時には「エエット」と日本語で考え、先生が単語のまちがいを正してやると、「ア、シマッタ」と呟く式の稽古ぶりである。しかし尚もひるむところはなく孤軍フントウ稽古をつづけているところ、見かけとちがってオカミサンは剛気であり、大そう負けギライらしい。マダムも相当の負けギライであるが、姉サンの実力にはシャッポをぬいでる趣きがある。

オカミサンが碁に凝って増淵四段に師事して以来、女中に至るまで碁をうち、ついに「碁の旅館もみじ」という異様な看板を辻々へ揚げるに至った。碁の旅館といえば人は碁会所の観念を旅館に当てはめる。碁会所というものは、むさぐるしく小さい所である。お金持や、貧乏人でも気のきいた人は碁会所などはひらかない。碁の旅館などと看板をだせば先ず普通に人が考えるのは、小さくて汚い旅館、ほかに自慢の種がないから、亭主が多少碁に腕に覚えのあるのを頼りに窮余の策をめぐらしているのだろうということだ。こんな大邸宅大庭園を擁して碁の旅館とはピント外れのようだが、外れるどころか大当りに当ったのだから、今や日蝕族のピントは日本を征服するに至るだろうと思われるほどである。つまり財界官界などのお歴々や会社官庁などがこのいくつかの広間を碁会に使用するに至って、彼女らの日蝕は終り、かの白光サンたる太陽が再びきらめきはじめたのだ。つまり碁会を縁に普通の宴会席に移行したからである。したがって日蝕族の神様は碁であり、つながる縁で私のようなヘボな横好きでも大そう厚く遇せられるという思いがけない結果になった。

私が「もみじ」を知ったのは、足かけ四年前になる。呉清源（ごせいげん）と岩本本因坊の十番碁が読売新聞の主催で行われることになり、その第一回戦がこの旅館でひらかれたので

ある。私は観戦記をたのまれた。手合の前日の夕方、平山記者が現れて、

「社の自動車を用意してきましたが、これからモミジへ行って、一パイのんで、ねむる、というのは、どうですか」

「明日の朝九時までに必ず行きますよ」

「本因坊、呉清源両氏も夜の七時までに集るのですから、あなたも」

「オレは観戦記を書くだけだ。明朝の九時までに行けばタクサンだ」

平山終戦中尉、憲兵のようにニヤリニヤリと笑う。

「今晩七時にモミジにつく。一パイのむ。一風呂あびてねむる。ちょッとしたダンドリですな。悪くない」

こう出勤を疑われてはこッちも自信がくずれるから、やむを得ず自動車で運ばれて行った。これがモミジの門のくぐりぞめというものであるが、呉清源氏が前夜来神様と共に行方不明で夜十二時に至るまでモミジへ来着しなかったから、呉清源係りの多賀谷前覆面子は食事が文字通り一粒もノドへ通らないのである。本因坊と私とが一パイのんでいる傍で、にわかに両手で頭をかかえて、

「アアッ!」

と、断末魔の一声をふりしぼって、ぶッ倒れ、空虚な目をやがて力なく閉じて、

「オレは死んだ方がいいや」

背中をタタミへすりつけるようなモガキ方をして、やがて全然動かなくなる。

「フーッ」

鯨(くじら)のような溜息を吐いてモゾモゾ起き上り、

「アア。もうダメだ。オレは泣きたいよ。イヤ。泣く涙もでないや」

フラフラといずれへかよろめき去る。また、よろめいていずこよりか戻ってくる。

私たちが彼に話しかけても、その声が彼の耳にとどくことはメッタになかった。

平山中尉の疑い深い招請に応じたおかげで、悩める人間がどのような発作を起すかということをツブサに見学することができたのである。この時以来、上京のたびにここへ宿泊するようになった。

酔っぱらっていた私は初対面のオカミサンを二十六七かときいて女中に笑われてしまった。彼女には二十すぎた子供がいるのである。

オカミサンは十九になった息子に、

「あなたはもう大人だから親の世話になってはいけません。自分の力で工夫して食べ

て行きなさい」

と、なにがしかの資本金を与えた。見たところはただワガママなお嬢様育ちという愛くるしいオカミサンに見えるのだが、キゼンたる魂と、烈々火のような独立精神の権化なのである。息子は養鶏をやったが思わしくなかったので、ブローカーに転業して母親の旅館へせッせと物資を売りこんだ。ところが母親たるオカミサンが値切るだけ値切るので、全然商売にならないのである。息子は怖れをなして独立の商業を断念した。母親に売りこんでもモウケがないのだから、よその主婦が相手では売るだけ損になるだろうと世の怖しさを知ったのである。あきらめが早すぎたというものだ。彼は運わるく東京中で一番怖るべき婦人のところへ、一番先きに、一番多く物資を売りこみすぎたのである。彼は独立の商法をやめて銀行員となり、殺人鬼の襲撃以外には平和な一生を約束された生活につくことができた。

姉さんの激しい気性に圧倒されて育ったせいか、マダムも一通りの負けギライで相当のスポーツウーマン、勝負ごとに相当強いらしいけれども、烈火の気性は全然ないのである。ある日、女中が一冊の多彩の花模様の日記帳を持ってきた。スミレと星と花と雪、これをタカラヅカ調というのかナ、それにしてもこの日記帳はタカラヅカ幼稚園、最低学年用のものに相違ない。

「マダムのお嬢さんにたのまれたのですけど、生れ月日の下へサインして、感想欄のところへ何か感想を書いて下さいッて」

なるほど署名欄は三百六十五日の日付になっていて、ところどころ生れた月日の下に誰かの署名がある。私も自分の誕生日のところへ署名した。

「マダムのお嬢さんは、いくつ」

「十九です」

「ホントかい？」

「いまのお嬢さん方はこれが普通でしょう」

そうですかねえ。怖るべきはタカラヅカ。しかし、オカミサンの娘に生れると、十九になってこんな日記帳をたのしんでいることはできないのである。

看板は碁の旅館であるが、何であれ大手合や勝負師が好きな旅館で、朝日へ手をまわして将棋名人戦もここでやった。私は見に行かなかったからハッキリ記憶がないが、木村大山が二対二のあとの第五局ではなかったかと思う。もっとも読売の方は、それまでにも碁のほかに将棋の方でも時々ここを使ってはいた。読売の将棋は呉清源を一手に抱えている碁にくらべて劣勢であるからそれまで問題にならなかったが、将碁名人戦の定宿の一ツになると、碁の旅館の看板ではさしさわりがあるから、その時以来、辻々に立てた碁の旅館の看板をおろしてしまったのである。オカミサンは次第に商法の方も手を上げたのだ。

二敗から二対二まで持ちこんだ大山は、第五局目の対局にこの宿へついた時、

「ぼくは勝ちますよ」

と、事もなげに断言していたそうである。手合前の木村は慎重にかまえて、口数も少かったが、大山はハシャイで明るかったという。

オカミサンは女中一同を集めて厳命を下した。

「お二人のどちらが勝っても負けても、あなた方は知らんぷりしていなさい。この旅館の者全体が勝敗に無関心でなければいけません。かりそめにもどちらかにヒイキの態度など見せてはいけませんし、どなたが勝ってもオメデトウも云ってはいけません。係りの女中だけは最小限度にオメデトウぐらいの表現はしてもよろしい」

この訓辞は賞讃すべきであろう。こういう訓辞を与えうるオカミサンは、たしかにタダモノではない。一流の人物である。彼女の多くの言行もそれを裏書きしているよ

うだ。

この勝負は大山が負けた。彼はまだ若年だから、あれほど生来の落付きをもっていても、気持ちのおのずからの浮き沈みを真に鎮静せしめることができないようだ。

★

去年の初夏のことであった。当時私は読売に小説を連載していたから、上京の機会も多く、その時は読売にも私にも親しみの深いこの旅館で仕事をするのは当然であった。

私が本当に酔っ払うと、風の如くに行方不明になるのは二十年来のことである。近頃はメッタに大虎にもならないが、昔はよくやった。むかし浅草でノンダクレていたころは、酔っ払って女の子（みんな浅草の女優であるが）を口説くのはまだ中の部で、ひどい時には淀橋太郎と一日半ノンダクレたあげく、森川信の楽屋から廊下をまわって松竹少女歌劇の楽屋へ行ってダンシングチームに一席の訓辞をたれ、つづいてその廊下の突き当りから国際劇場の舞台真上の鉄骨の上へ登りました。役者が芝居している頭の上からウマイゾウマイゾと声援したです。若年のみぎりスポーツできたえたせいか、どんなに酔っても足がふらつくことがないので、落ちて死ななかったのは幸せだった。その時以来浅草に勇名なりとどろき、私の酒の酔いッぷりに例をとって小安吾、中安吾、大安吾という言葉が行われたそうであった。つまり誰かが酔っ払って御婦人に礼をつくしはじめると、そろそろ中安吾になりやがったな、というグアイであったそうだ。十年前の話である。

ちかごろ旋風を起す数は減ったけれども、時々大安吾になるのは、治らない。モミジ宿泊中とてもそうで、フット大安吾になったが最後、風となってどこへ消えたか、誰にも分らない。私自身も翌日目がさめるまでは、どこにいるのか分らぬのである。というのは、モミジを出発する時から前後不覚に泥酔しているからである。サンダルを突ッかけて、ちょッと買い物の途中から、気が変って行方不明になることもある。

さてその日はユカタに下駄ばきでいずれへか立ち去った。人の話をしているようだが、どうもこの時は仕方がない。ふだんはそんなに酔うことがないのだが、この日は日中から来客があって泥酔したのである。こういうこともあろうというので、新聞社、雑誌社、モミジ旅館、いずれも要心おこたりなく、上京宿泊中は誰にも知らせず、どこにも分らぬように仕掛けが施してあるのだが、この時は原稿に一段落してちょっとヒマがあったから、折からの来客と共に酔いつぶれたのだろう。

翌朝、目をさましたところは九段である。その待合の女将は今は故人になった落語家の雷門助六の奥さん。角力（すもう）のように背が高くてデップリふとっていて、大酒のみで、ジメジメしたところのない人物である。人生を達観していて一向にクッタクがない。こういう豪傑然とした婆さんは珍しいが、抜けるところは甚しく抜けていて、いわゆる女将型のりりしいところはなく、ノンビリ落ちつき払っているだけなのである。

私が目をさますと風呂の用意ができている。一風呂あびて、婆さんと飲んだ。私がモミジから着て出たユカタは大男の私にはツンツルテンであった。

「ウチにちょうどよいユカタがあるよ」

と云って、婆さんが持ってきたのは、九段の祭礼用のお揃いのユカタであった。ちょうど九段の祭礼の前夜か前々夜に当っていたらしく、花柳街はシメをはりチョウチンをぶらさげていたのである。

「まだ私は手を通していないのだから。これならちょうどよろしいわよ」

という。なるほど、婆さんのユカタなら私に合うわけだ。五尺五寸五分とかいう大婆さんなのである。

婆さんと酒をのんで酔っ払い、じゃア、サヨナラと自動車をよんでもらって午ごろ無事モミジへ戻ってきた。私は着て出たユカタが変っているのを忘れていたのである。抜け作の婆さんも酔っているからそんなことは気がつかなかったろうし、気がついても気にかけることのない大先生なのである。

その後、折があったらユカタを届けてやろうとその時だけは思ったが、祭礼の季節がすぎれば用のないユカタであるから、まったくユカタのことは忘れてしまった。ユカタは私の係りのマチ子サンという女中がセンタクして押入へ投りこんでしまったのである。

★

読売新聞は碁の方は呉清源を一手に握っているから、朝日の棋院大手合、毎日の本因坊戦に比べて、まさるとも見劣りのない囲碁欄であるが、将棋の方は他社の名人戦に比べて、勝抜き実力日本一決定戦（当時）などと云っても甚だ影がうすい。実力日本一といったって、名人戦があるのだから、名人即ち実力日本一。碁における呉清源のように公式手合に不参加の大豪というものが居ないのだから、万人がそう認めるのは当然だ。単に実力日本一では影が薄いこと夥しいから、名人の名に対抗しうる権利の象徴が必要だ。苦心サンタン編みだしたのが、九段決定戦。

昔は九段を名人と云ったものだ。もしくは、名人は九段に相当するものと考えられていたのである。しかし現在も昔の形式を守らねばならぬという必然的なものがある筈はない。碁の方にも名人でない九段が二人もいるのだから、名人のほかに将棋九段が現れてもおかしくはない。柔道は十何段ある。そこでトーナメントの優勝者に九段を与えることになった。

この企画は一応成功したようだ。棋士たちが九段という名に魅力を感じ、それに執着して戦局に力がこもってきたからだ。トーナメントの形式は従前通りほぼ変りはないのだが、名というものは理外の魅力があるものだ。勲章などもそうであろうが、勝負の世界はまた別で、相手をうち負かして一人勝ちのこった認定、そのハッキリした力の跡を九段の名で表彰されるのだから当人の満足も深い。棋士たちの間には新聞社私製の九段が何だ、と云う反旗を示す者があるにしても、九段位争奪戦というものがあって、当人もそれに参加して争って負けた以上は九段が何だと云えなかろう。勝てばいいのだ。勝負の世界はハッキリしていて、負けた者は負け、これをくつがえす何物もない。勝負は水ものだと云えば、昇降段戦名人戦も水もの、それを云えばキリがない。負けた者は負けたのである。

そこでトーナメントに優勝し、最初の九段になったのが大山であった。

この大山という勝負師はまことに珍しい鋼鉄性の人間である。誰しもスランプというのがある。木村にはスランプらしいものはなかったが、塚田にうち負かされて名人位を落ちた直後の一年はサンタンたる不成績であった。木村ほどの豪の者でもそうだ。塚田は名人位を失ってのち、いまだに混迷状態から脱け出せない。碁の藤沢は九段を得てのち甚しく不成績であるし、木谷も長いスランプがうちつづいている。

すべてスランプというものは、技術上のことではなくて、精神の不安定がもたらすのであろうが、大山にはそれがないように見えるのである。

塚田が名人位に就いたとき、最初の挑戦者となったのは弱冠二十五の大山であった。彼はB級から一躍とびあがってA級の上位三者をなぎ倒して挑戦者になったが、その落付きと年間のめざましい戦績から、世間の大半は彼の勝利、大山次期名人を疑わなかったようである。私もそう思った。

大山は若年にして老成。礼儀正しく、対局態度は静かで、一言にして重厚という大そうな人物評価を得ていた。観戦者が筆をそろえて、彼の重厚な人柄を賞讃していたものだ。

ところが、この名人挑戦対局に至って、いちじるしい変化が起った。彼の重厚な人柄が一変していたのである。倉島竹二郎君の語るところによれば、ただ、呆れるばかりであったというが、不遜とも何とも言いようがなく、すでに自分が名人にきまったかの如く塚田をなめてかかり、それが言行の端々に露骨に現れ、正視しがたい生意気、無礼な態度であったということである。塚田がよく奮起してこの思いあがった小僧をひねりつぶしたのは大手柄であった。

大山の無礼不遜な態度は観戦した人々によって厳しく批判された。敗れた彼に同情した者は――ヒイキは別にして、公平な将棋ファンには殆どなかったようである。彼の敗北を惜しんだ者もいなかった。思いあがった小僧が名人にならなくて良かったというのが万人の胸のうちであったのである。

負けた上に、これぐらい世間のきびしい批判をあびれば、誰しもクサルのが当り前だ。ましてや初陣そうそうのことである。ところがこの若者は古狸でも三四年は寝込むようなきびしい悪評の中で、冷静に、動揺することなく、またしても順位戦に好成績をあげ、わずかに木村との最後の挑戦者決定戦に敗れたが、A級順位戦では彼が第一等であったように記憶する。

次の年もA級優勝、挑戦者となり、はじめ二敗、つづく二局を二勝して二対二にもちこみ、第五局目モミジの対局に於て、

「ぼくの勝ちですよ」

言々句々に再びウヌボレが現れていたのはモミジの女中たちすら指摘するところである。対塚田の名人戦に現れた思いあがりが、さすがに年功をつみ、それを抑えて控え目に、露骨ではなくなっていても、胸の浮きたつ思い、軽卒な思いあがりは脱しきれなかった。苦しい負け将棋のあと二対二にもちこんだユルミ、年相応のウヌボレの結果である。この軽卒な思いあがりによって、つづく二局を木村にひねられてしまったのである。

彼ほど老成し、冷静な勝負度胸をもった男でも、ウヌボレからは脱出できない。彼はいつもウヌボレで失敗した。しかし、落胆や負けによって動揺したことがないので

ある。斬っても血がでないとはこの男である。

即ち、対木村の名人戦に、二対二からウヌボレによって軽くひねられた直後に、一向に動揺なく、読売の九段戦に優勝し、又、その後の順位戦でも最優秀のまま、二位の升田と数日後に挑戦者決定の一局を行うことになっている。ウヌボレによって再度の不覚はとったが、敗戦の落胆によってスランプにおちたことがないという珍しいコンクリート製の青年なのである。彼は斬られても負けないが、自家出血でひとり負けするのである。

彼は再度名人位を望みながら、大きな魚に逃げられてしまったが、よく自分を抑えて九段位をかちえた。最大の魚は逃したが、まず、まず、であろう。勝ち目になるとウヌボレに憑かれて失敗する彼のことであるから、勝ったよろこび、その満足もウヌボレも大きいのだ。

彼は九段位をかちえて間もなく上京し、モミジへ泊った。読売の招きや行事で上京するときは、概ねここに泊るのだ。私が用を果してモミジを去ってから数日後のことであった。

彼の係りは私の係りとは違うのである。その女中が大山のユカタをとりだすために押入をあけたら、センタクしたばかりのユカタが一枚たたんで置いてある。私がまちがえて九段からきてきた祭礼のユカタだとは彼女は知らないから、大山のところへ持参した。

私が一度手を通しただけのユカタで、それをキレイに洗ってあるから、まるで仕立おろしのようであった。

大山は何気なくそれをとって着ようとして、その模様が変っているのに気がついた。唐草模様のような手のこんだものだが、しかしスッキリとしていてそう品の悪いものではない。そろいのユカタと云ったって、花柳地の姐（ねえ）さんがお揃いで着るものだから、イヤ味やヤボなところはない。姐さんのユカタだから模様はコッテリしているが、万事コッテリの関西育ちの大山の目には、いかにも気のきいた、イキなユカタに見えた。

大山はビックリして、腕を通した片袖を顔の近くへひきよせ、やがてその裏をいそいでひッくり返して調べた。

あまりのことに、彼は言うべき言葉を失ったのである。その模様には一目ではそれと分らぬように、いかにも粋な工夫をこらして、くだん、とか、九段という文字があしらッてあるのだ。

彼はことごとく驚いた。名人位にくらべれば九段などはさしたるものではないようだが、さて九段になれば、九段は九段、人々は祝福し、彼はそれに満足であった。しかしこんな細いところにマゴコロをこめて、九段昇段を祝ってくれる旅館があろうなどと想像していなかった。誰がそのようなマゴコロを想像しうるであろうか。棋士を愛すること世の常ではない旅館なればこそであり、また好みの素ばらしさ、粋な思いつきは、天下の名士があげて集る第一流の旅館だけのことはある。

若い大山の胸は感謝の念でいッぱいになり、目がしらがあつくなりそうだった。

彼はホッと顔をあげて、思わずあからみながら、

「これ、ぼくのために、わざわざ、こしらえて下さッたんですねえ。光栄の至りです」

係りの女中は何もしらないから、いそいで自分もユカタの模様をしらべて、ああ、そうか、それじゃア棋士の好きなオカミサンが大山新九段を祝って、かねて注文しておいたユカタだったのかと思った。偶然ながら、一番手近かに置いてあったのを持ってきて、ちょうど良かったと思ったのである。

「そうですわね。オカミサンがこしらえておおきになったんですわね。ずいぶん気のつくオカミですから」

「光栄です」

小男の大山は自分の身体が二ツもはいりそうなユカタの中へ、満足に上気して、いそいで襟(えり)をかきあわせた。全身にあふれる幸福を一ツも逃すことなく全部包んでしまいたいように、アゴをすッぽり襟でつつんだ。アゴの上にユカタの襟がでていてもまだその裾をひきずりそうであったが、彼はそんなことが苦にならなかったのである。彼はモミジにいる間、その大きなユカタにつつまれてバタバタ足をからませても満足していた。

帰るとき彼は女中をよんで、

「これ、いただいて帰っていいでしょうか。記念に持って帰りたいのですけど」

「ええ、どうぞ」

「光栄ですねえ」

彼は自分でテイネイにユカタをたたんでトランクの中へ大事に大事にしまいこんだ。

大山君。怒りたもうな。誰のイタズラでもなかったのだ。人間のはかり知るべからざる天の意志が君の九段を祝福していたのさ。

（『別冊文藝春秋』一九五一年三月）

名人戦を観て

私のように王様よりも飛車を大切にするようなのが名人戦を見たところで将棋の分る筈はないが、私は心理の争いを見たかった。木村名人の闘志はかねて著名なものがあり、追いつめられているのであるから、自然の激発噴出、すさまじいものがあるだろうと思ったのだ。宮本武蔵の如く勝負の悪鬼と化して相手の心理を攪乱するため自然のハッタリを行う理知型の塚田八段にそのハッタリがきかないのではないかというのが、私の興味でもあったのである。私がモナミへついたのが九時半。塚田八段は来ていたが、名人も東日の記者も来ていない。日蒲線の事故で遅れなければ私はたぶん誰よりも先についた筈で、私の熱意は驚くべきものがあった。

倉島竹二郎君が来て、この一戦大いに観戦の値打はあるが、名人はもう人格円満、すっかり大人になっているから君の狙っているような凄さは見られないだろう、と言う。悲しい哉、この言葉は的中した、そして名人の敗因はそこにあったと私は思ったのだが。

舞台で坂田八段を演じている島田、辰巳、小夜福子三氏が実戦を見学にきて三十分ほどで帰ったが、これは無理、舞台がすんで深夜見学にくるべきであった。木村名人が帰る小夜さんを追っかけて行って娘のために色紙をたのむ、すると塚田氏が私にも一枚、と言う。こんなノンビリしたところを見学したんじゃ実戦の見学にはならない。

十三手目に塚田八段が五十六分考えて横歩を払った飛車を二四へ戻り、苦笑しながら、ひどい将棋をさしちゃった、三十八手でまかされたか、と呟く。すると次に名人四時間十三分と言う長考がはじまり、この時から両棋士まったく無言となった。

この長考の始まりのころ、塚田八段が記録係に向って、芝居の初日っていつもたくさんやるのかね、と言う。私には、たくさんやるという意味がのみこめない、記録係も生返事すると、いつもだと三時間、正味二時間半だからな、初日に行くと得だね、と言った。まったく愉快なことを言う。そして黙りこんだが、そのとき午後一時ちょっとすぎ、以下翌朝未明二時二十四分、対局の終るまで、塚田八段は無言であった。

私は将棋は始めてだが、碁の方は棋院の大手合を度々見物した。この方は賑やかだ。自分の手番でない時は見物の誰彼と雑談しているのが普通であるが、将棋名人戦は無言の行で、手番でない方も盤面から目を放さず、談論風発の木村名人も人に話しかけたのは午前中の二時間だけ、夜になると両棋士顔面紅潮し、盤面へかがみこみ木村名人の頸はマッカであった。九時すぎ、名人立上って「オーセツマへ呼びにきてね」と記録係に言い残して去る。応接間をのぞいてみると、はじめは考えこんでいたが、五分後にはグッタリもたれてノビたようになっている。塚田八段長考一時間半、五五馬とさして記録係がよびにくる。この五五馬が勝敗を決する新手であったというが、名人一時間余り考えて五三歩、これが悪手であったそうだ。記録係が「名人あと二時間五十分です」かすかにウン、「名人あと二時間半です」返事なし、両名酒に酔える如く赤面赤らみ、目はとろんとして、塚田八段は眉根をよせて酔眼をとじるが如くに盤面を見つめ、木村名人は口をあけてタバコ持つ手をマネキ猫のように持ち上げて盤面を見つめ、その手が常にかすかにふるえている。

名人が独り言を呟きだしたのはその頃からだ。その呟きは最も名人に近く坐をしめている私の耳にも概ねききとれない。十分間に一言ぐらい呟くが、ききとれたのは、一度「イカンナ」次に「ショウガナイナ」その他は語の終りの「ナ」だけだったり「……タナ」であったり、全然ききとれなかった。

塚田八段のモーローたる顔に決然たるものが彫まれたのは名人の呟きと同時で、将棋の分らぬ私にも、どうやら棋勢がわかり、勝敗が予想せられた。名人の苦吟懊悩目にあまるものあり、二時二十四分、塚田八段の八四銀とまったく同時に「それまで」名人の声はボンノクボあたりから掠れたように出てきて首から上体がグラグラくずれるように捩れてゆれた。

私には人間の死を見るよりも辛かった。名人は必死に喋ろうとしているが声は掠れている。ともかく笑いらしいものを刻むことができたのは二時四十五分、塚田八段は対局中に比べていくらかハズンだ色はあるが、木村名人の歴然たる苦悩の色がなければ、この人の方が勝ったとは判断されない顔付で、その理知家たる本領を歴々と見ることができた。

夜の明けるまで土居八段持参の銘酒やウイスキーをのみ、酒がまわると名人も生色をとりもどしたが、名人は「天命だ」と云い、又時代だと云う。すべての権威が否定され一新される時代だから、という。

然し名人が人格円満となり、大人となったのが敗因で、天命だの時代だという思考が意識されること自体が敗因であったと私は思う。勝負は先ず闘魂で、闘魂自体が技術の進歩の母胎でもあるものだ。

今日は凄い勝負を見たな、と私が呟いたら、それは意外だな、坂口さん、と名人は言った。塚田新名人が顔をあげて、名人戦のうちで今日が一番エキサイトしなかったんです、と言った。つまり勝負が理づめ歴然として、ひっくりかえるというような波瀾がなかったという意味である。

野性派と理知派時代の相違がかなりハッキリにじみでている。然しまことの新時代は（いつの新時代に限らず）理知的な野性派、または野性的な理知派そういうものではないかと私は思っている。

（『将棋世界』一九四七年七月）

坂口流の将棋観

私は将棋は知らない。けれども棋書や解説書や棋士の言葉などから私流に判断して、日本には将棋はあったが、まだ本当の将棋の勝負がなかったのじゃないかと思う。勝負の鬼と云われた木村前名人でも、実際はまだ将棋であって、勝負じゃない。そして、はじめて本当の勝負というものをやりだしたのが升田八段と私は思う。升田八段は型だの定跡を放念して、常にただ、相手が一手さす、その一手だけが相手で、その一手に対して自分が一手勝ちすればよい、それが彼の将棋の原則なのだろうと私は思う。

将棋の勝負が、いつによらず、相手のさした一手だけが当面の相手にきまっているようであるが、却々(なかなか)そういうものじゃなくて、両々お互に旧来の型とか将棋というものに馴れ合ってさしているもので、その魂、根性の全部をあげてただ当面の一手を相手に、それに一手勝ちすればよい、そういう勝負の根本の原則がハッキリ確立されてはおらなかった。これをはじめて升田八段がやったのだろうと私は思う。

私の文学なども同じことで、谷崎潤一郎とか志賀直哉とか、文章はあったけれども、それはただ文章にすぎない。私のは、文章ではない。何を書くか、書き表わす「モノ」があるだけで、文章など在りはせぬ。私の「堕落論」というものも、要するにそれだけの原則をのべたにすぎないもので、物事すべて、実質が大切で、形式にとらわれてはならぬ。実質がおのずから形式を決定してくるもの、何事によらず、実質が心棒、根幹というものである。

これは、悲しいほど、当りまえなことだ。三、四十年もたってみなさい。坂口安吾の「堕落論」なんて、なんのこったこんな当り前のこと言ってやがるにすぎないのか、こんなことは当然にきまってるじゃないか、バカバカしい、そう言うにきまっている。そのあまりにも当然なことが、今までの日本に欠けていたのである。

升田八段の将棋における新風がやっぱり原則は私と同じもので、ただあまりにも当然な、勝負本来の原則にすぎないのである。然し、日本の各方面に於て、この敗戦によって、日本本来の欠点を知って、事物の当然な原則へ立直ったもの、つまり、ともかく、当然に新しい出発というものをはじめているのは、文学における私と、将棋における升田と、この二人しかおらぬ。

政治界などは全然ダメだ、社会党、共産党といってもその政策の新味に拘らず、政治としては旧態依然たるもの、つまり政治というものは、政策の実施にあり、その政策を実施して失敗したらその欠点を直して、よりよい政策を自ら編みだして進歩して行かねばならぬ、要するに、それだけの原則にすぎないものである。ところが、彼等は昔ながらの、いわゆる政治をやっておるにすぎず政治家の手腕だなどとツマラヌことを今もって考えている。まことに救われがたい人種である。

★

しからば升田は強いか。強いけれども、たいして強いわけはない、升田や私は当然すぎる出発者というだけのことで、本当の文学とか将棋というものは、ここから始まるだけのこと、捨て石、踏み台にすぎない。

谷崎、志賀の文章は、空虚な名文というものにすぎず、ただ書き表わす対象にだけ主体のある私の文章にくらべて、ニセモノにすぎないものだ。けれども彼らは素質ある人々で、あの時代に生れたからああなっただけのこと、今の時代に青年であったら、私と同じ出発をはじめ、私などのおよびがたい新作品を書いているかも知れぬ。

木村対升田の場合も同じこと、木村はあの時代に育って、ああなった。今、三十の新進であったらたぶん、升田と同じ原則から新風を起したに相違ない人物であるけれども、いったん出来た型は却々破られぬ。ことに木村の場合の如くに、名人を十年もやっては、もう一つの完成に達して、この型をハミ出したり、くずしたり、新出発することはむつかしい。

けれども、谷崎や志賀に、そのような新出発が先ずほとんど有り得ないのにくらべて、将棋の場合は、相対ずくの勝負であるから、相手次第で、新展開が行われないとは限らない。その可能性は有りうるものだ。年齢もまだ若い。科学には勝負はないが、将棋は勝負だから、その闘魂からくる新生、新出発、そういう展開はありうる筈だ。

然し私は、木村にこの新生が行われぬ限り、目下のままでは升田に分のよいのが自然だと思う。なぜなら升田は、木村という型のもつ欠点を踏み台にして、そこの省察から新しく現れた美事な進歩だからで、問題は天分にあるのじゃなくて、心構えの新しさ正しさにあるのである。

木村ほどの大豪のものが、自らの型を破って、勝負の当然な原則を自得するに至ったら、又、ひとまわり鋭くなるにきまっている。そして、その新生は不可能ではない。

以上、坂口流の文学の原則から見た将棋観である。

（木村・升田戦の日の未明）

（初出未詳）

観戦記

対局は十二月九日。名古屋であった。

升田八段は七日に名古屋へついていた。

木村前名人と解説係の加藤博六段、立合人の大成会関本氏、それに私は八日の午前七時四十分発急行で東京をたった。

升田八段も七日の同じ汽車で東京をたったのだが（彼は東京へ遠征中だったから）朝寝坊で乗りおくれては、と、前晩は朝日新聞社へ泊りこんだそうだ。毎朝二時ごろから起きている私は驚かないが、木村前名人は四時ごろ起きて私線の一番電車に乗らねばならないから、こぼしていた。

塚田名人は対局の二日前には必ず対局地へ到着して静養しているそうで、その心構えは偉いものだと木村前名人が感心している。

午後三時に名古屋へついて新東海新聞社へ行くと、升田八段もやってきた。

升田八段は初対面だ。復員姿、マーケットのアンチャンという身のこしらえで、ヘンプクを飾ることなど念頭にない。その面魂（つらだましい）、精悍（せいかん）、鋭い眼光である。

名古屋だってウマイコーヒーぐらいあるんだというわけで、新聞社の親玉連七八名とドヤドヤとコーヒー店へなだれこんで、二杯ずつのむ。私だけ、そんなものはコンリンザイ二杯などは飲まない。私は自家用のニッカウイスキーをポケットへいれて東京を出発しているのである。

　さらばというので、設けの酒席へ赴（おもむ）く、停電でローソクだ。

テーブルを部屋の三方へ三つに離して分けて、木村、升田両々激しく敵愾心（てきがいしん）を燃やしているから、別々のテーブルへ坐らせよう、という新聞社の苦心の策だが、酔っ払えば苦心もヘチマもない。

　わが愛用のウイスキーは酒量の少い木村前名人にグラスに二杯だけ分配し、あとは大酒飲みの升田八段と私がのむ。私のテーブルは升田八段の外に酒豪が二人、さてこれより酔払う、酔えばどうなるか。わかり切った話である。

升田八段は大阪人特有の開放的な、なんでもザックバランに言うような人物であるから、これも万事控えめな東京人の気質から傲慢ととられ易いところがあるが、根は礼儀正しい人物である。

酔払って傲慢不遜、人を人とも思わなくなるのは、升田八段に限らない。私もそうだし、たいがいそうだ。すべて芸道の人は、その道にウヌボレなしには生きられぬものであるから、酔えば誰しもそのウヌボレが顔をだすのは自然の情である。

酔って、はじめのうちは、升田は弱いと東京の奴は言いよるけど、ちゃんと勝負に勝っとるのやから、仕方ないやないか、などとブツブツ言っていたが、困ったことに、私がまた酔払ってアジルのが大好物で、その道の名人なのである。私が一枚加わっては、もう荒れること瞭然であるが、新東海の御歴々、みんな初対面だから、そこまでは御存知ない。

対局の前夜であるから、少しは酒量を控えるかと思うと左にあらず、私と二人でウイスキーを一本あけて、さらに日本酒をガブガブのむ。私のような良からぬ相棒がいたせいかも知れぬ。さすれば升田八段は気の毒で、もっとも、前夜にはガブ飲みすべからず、という今後の用に立つかも知れぬ。

とうとう最後に、木村など全然怖くない、オレが強いに極っている、ということになる。なんべんでも勝つ、彼は立膝して前名人に叫ぶのだ。

酒量は少いが前名人も酔払っている。なんの升田ごとき、という気概は胸底に烈々たる人物であるから、イヤ、オレが強い。まだまだ升田ごときにオクレはとらぬ。満々たる自信を叫ぶ。人々の頭越しに叫び合う。

御両名をアジっておいて、アジリ放しという不手際な私ではない。両々共に強し、木村にして勝負は徹するの悟りを得たなら、又その力量底を知るべからず、めでたくマトメて、宿へ引上げる。又これからが大変。

宿は葵荘（あおい）というところで、ここが同時に明日の対局場でもあった。

私は酔っ払ったから、もうねむたいのだが、前名人、碁をやろうといって、きかないのだ。前名人は碁の初段で、升田八段が、また、ちょうど同じくらいの打ち手なのである。

私は二目の手合で、前名人に敗れ、升田八段に持碁であった。

つづいて、木村升田の対戦となる。これがまったく、喧嘩腰の対戦、碁の方でも、オレが強い、なんの、お前なんか問題じゃない、両名なお酔っ払い、酒席のつづきで、敵愾心猛烈をきわめている。まったく、殺気立っているのである。

この一局、木村前名人の十目ちかい負けとなったが、口惜しがること、まことに無念の形相である。

両々の敵対意識があまりスサマジイから、新聞社の喜ぶこと、私ももとより大喜び。大成会の関本氏まで、これは、明日は面白いですな、すごい敵愾心ですな、とよろこぶような始末であった。

木村、升田両棋士は各々別々の一室に距(へだ)て、ねむることとなり、私たちも寝ようとすると、木村前名人、私のところへ遊びにきた。

そこで、私が釈迦(しゃか)に説法という奴だが、色々と心理的な見方から勝負ということの本質について、一席またアジルところがあった。

私は木村、升田どちらも大好きなのだ。棋士のうち、この両名が頭ぬけて好きだ。それは強いからである。

升田八段は旧来の型というものに捉われておらぬ、勝負の原則は、常にただ一手勝てばよいという、その原則を骨身に徹して、常にそこから将棋をさしている人だ。

木村前名人また本来そういう人である。彼が現在升田のような新人なら当然そこから出発すべきたちなのだが、一昔前に完成したから、そうでないだけの話なのである。人は時代的にしか生きられないもので、同じ才能の人でも、各々の時代によって、違った出来上りになるものだ。

木村前名人は元来が徹底した勝負師であるから、升田八段が将棋の心棒としている勝負の原則は、本来カンによって知りきっていた筈（はず）である。ところが時代というものがあり、そういう実質的な態度を理論的に身につける地盤がなかったから、自らの本質とかけはなれた出来上りになり、いかにも円満な大人になり、将棋まで大人になった。

然（しか）し、文学などとなると一度完成した自分の型から脱出することは甚だしい困難であるが、将棋の方は、勝敗のある勝負であるから、相手の発見によって、又、こちらも自我の新発見ということが行われ易いのである。

升田八段は木村前名人の完成した型の欠点の省察を地盤にして勝負本来の原則を知り、そこから出発したが、今度は逆に、升田の手法の発見によって、木村本来のものを発見し得る立場にめぐまれた。

なんと云っても木村前名人はその力量なお底を知るべからざる大豪の者であるから、

勝負本来の原則を踏みしめて立つ自分を発見するなら、飛躍的な新展開、シンラツ怪力、目ざましい再生がある筈である。そして、その再生は、升田を相手に行われるものであるに相違ない。

将棋は、勝負は、これ又常に創作である。

常に相手に一手勝つ、いつも一手勝つという創作だ。

将棋というものを何も知らない私が、天下の前名人に三十分ほど将棋の講釈をしたのだから笑わせるが、これも酒のせいである。

然し、この対局が前名人の勝に終って後に、坂口さんの昨夜の言葉が案外きいているかも知れません、と加藤六段が言ってくれたので、私もまア面目玉を失わずにすんだ。前名人が寝室へ引上げた時、ちょうどもう零時になっていた。

私は前名人が引上げて、とたんに酔いがさめて、ねむれなくなった。宿屋にも酒がなく、外へ飲みにでるにはもう零時をまわっている。ウツラウツラねむれぬうち四時になり、仕方がないから、起きて七時ごろまで原稿をかいた。

七時ごろ一人散歩にでて、戻ってくる、加藤六段、関本氏は目を覚ましたが、両棋士は目をさますまで起すまい、ということにした。

九時半になり、新聞社の人もつめかけてくる、それではと起すことにした。

前名人に、どうです、よく眠れましたか、ときくと、ええ、ゆうべおそくまで騒いだから、あれが良かった、僕は夜更しだから、おそくまでフワフワ騒ぐと、よくねむれますよ、という返事であった。

升田八段はねむれなかったらしい。酒飲みは、酔いがさめると眠れなくなるもので、この点、木村、升田は睡眠の型が違うのだから、対局前夜は独自の手法をとるべきであろう。

この旅館には三日前に土蔵破りがあった由で、土蔵は升田八段の寝たハナレの裏にあるから、一時間おきぐらいに警官が見廻りにくる。この跫音が気がかりで、全然ねむれなかったそうである。顔色が蒼い。

「女が忍んでくるんやろうかと思うて戸をあけてみたら、お巡りや」

と自嘲のような笑い方をする。死んだ織田作と同じ笑いだ。大阪の笑いであろう。

十時ごろ揃って朝食をとり、手合い室へ行く。ここは前夜升田八段がねむれなかったというハナレである。

昨夜の酒席から宿の喧嘩碁まで持ちこしてきたあの敵愾心、あの殺気は、今はない。

両々ケンソンで、至って礼儀正しい。

前名人、床の間を背にした方へ、当然のように坐る。神田八段だったら、こんなところでもう癇癪（かんしゃく）を起したかも知れぬが、升田八段そんなことには、こだわらない。向いの席へヒョイと坐る。そんなことは全然意識していないのである。

十時二十五分対局開始。

旅先のことであるから、前名人は背広、升田八段は軍服の復員姿、ちょっと将棋会所の風景で、しかし、キチンと坐っているから、なお妙だ。午後二時に中食休憩となるまで、御両名いささかも膝をくずさないから、これには私が驚いた。

両棋士、全然喋（しゃべ）らず、呟（つぶや）きもせず、十六手まで、すすむ。

ここで木村前名人七分考え、ここが策戦の岐路だな、と呟いたが、六六歩。

すると升田八段が、ウアア、ウウ、とデッカイ声で唸（うな）って、復員姿をピョンと直立させたと思うと、ガクンと勇ましく、かがみこんだ。口をへの字に、大目の玉で盤面をハッタと睨（にら）んで、勇気リンリン、勇気リンリン、勇気リンリンか、と唸っている。

前名人は、ゆっくりと、静かに冥想型、盤面から顔をあげ、天井を見て目をとじたりからだを起して紫煙をはいたり。ところが、升田八段は、駄々ッ子が好きな遊びに打ちこむ様子、面白ずくの勇み肌、そこへ寒さという伏兵が参加するから、貧乏ゆすり、肩をすくめて膝小僧にギュッと握り拳、ウウと唸り、ハッタと睨み、まことにどうも勇ましい御冥想である。

升田八段の五一角で、前名人二時間八分の長考がはじまる。すると升田八段どっちの手番だか分らぬような意気込みで、長考のオツキアイ、エイッとかがみ、ハッタと睨み、勇ましい。

そのうちに、失礼します、と叫んだとたんにピョンと立ち、三四分してヒョイと戻って、失礼しました、とチョイと坐る。まことに、リリしく、礼儀正しい。

すると女中が毛布を一枚もってきた。つまり、升田八段、それをたのみに行ってきたのだろう。私をニヤリと見て、

「サコツの方が冷えるからね」

と膝を毛布でくるんだ。

木村前名人、二時間八分考えて、むつかしいと呟いて、三六歩。

敵が二時間八分を考えたのだから、こっちもオツキアイに考えるかと思うと、どう致しまして。前名人が三六歩、まだその手が引込まないうちに、オレの方が先だとい

うみたいに、升田八段ヒラリと手をだして三三銀と上っている。

何を小癪な、その気ならば、と、前名人も、引っこみかけた手をすぐ延して、それから御両人、全然盤から手をひっこめず、バタバタバタバタと十手あまりお指しになる。将棋だからバタバタバタとコマを動かすばかりだが、ケンカならパチパチと横ッ面をヒッパタキ合ったところである。

私も昔、日本棋院で、コンガスリの十二三の小僧に何目かおいてお手合せを願ったとき、私が五六分も考えて石をおくと、小僧先生グリコをしゃぶってワキ見をしながら、間髪を入れず、ヒョイとおく。まるでもう、からかわれているようで、シャクにさわるものである。

専門家でも同じことで、こっちが大長考して指した手に、まだそのコマから手もはなさぬうち、ヒョイとさされる。シャクにさわるそうである。

加藤六段の説によると、昔は木村前名人がこれが得意で、相手を口惜しがらせたそうだが、升田八段にオカブをとられた。

何クソと、木村前名人、相手をヒッパタキ返すから、面白い。

然し、前名人、偉かった。二時間八分、全然ムダをしたのである。二時間かけて考えた急戦策を、ミレンなく捨てて、あたり前の手をさしたのだ。七時間のうち二時間のムダはつらい。

文学もそうだが、二百枚書いた小説を、気に入らなくて、破りすてて、改めて書きだすのは、むつかしいものだ。然し、それをやらないと、傑作はできない。

バタバタバタのヒッパタキ合いが、どうやら落付いて、木村九六歩。するとと升田エイッと直立、ヤッとかがんで盤をギロギロねめまわし、ゴウシュウの戦端ここにひらかる。ゴウシュウの戦端。ゴウシュウ戦。ゴウシュウ戦。と呟きはじめた。

まもなくヒューヒューと口笛をふき、ププププと口笛をやる。進軍ラッパのつもりらしい。

ここらあたりの三吉さんとか何とか唄を唄って、七分、六四歩とつく、一六歩。六二飛。パチリと叩きつける。ここで木村前名人の長考の途中、午後二時、中食休憩となる。

中食はウナドン。休憩一時間、両棋士、盤側のまま、雑談のうち、三時再開。キチリと再び向い合う。しかし御両名、こんどはアグラである。

前名人は長考のつづき。升田八段は、昨深更、見廻りの巡査の跫音を泥棒かと思って、きおったら何をぶつけて逃げたろかと思うて、策戦をねっていたと、たのしそうに喋っている。すると前名人、ジロリと薄目でみて、

「君じゃア、向うが逃げるよ」

冷めたく浴びせる。升田八段、くったくなく、一段とたのしげに、

「どうもお見それしました言うて」

と高笑い。

五分ほどのち、前名人坐り直して、考えこみ、やがて、四五歩。

すると升田八段、便所へ立ったが、今度はもう、失礼します、などとは言わない。春夏秋冬、月又何とかとむつかしい漢詩みたいなものを唸りながら、戻ってきて坐った。

升田八段は私に何だかきき分けられぬむつかしい漢詩みたいなものを相当豊富に心得ていて、よく呟く。いつもネタが違っているから、大したものだが、漢詩のつもりで聴いていると、浪花節（なにわぶし）であったりするから、あんまり信用はできない。

十分考え、これも気合いだろう、と六五歩。

隣り座敷に午すぎから宴会が始まり、三時ごろから、うるさくなり、合唱が起ったりする。女の嬌声、男の蛮声、つつぬけで、木村前名人がうるさがるのは尤もであるが、升田八段は、隣り座敷の話し言葉を受けとって、コブン、コブン、か、呟きながら考える、考えながら、合唱に合せて唄いだす、笑いだす、忙がしそうに便所へ行く、隣室の騒ぎも一向気にならないようすである。

　停電で、ローソクがくる。

　警察のリンケンがあって、宴会も一時に静まり、このハナレへも見廻りにきて、

「ここは木村、升田将棋戦です」

「嘘じゃないでしょうね」

「あれほど新聞にデカデカ書き立ててるじゃありませんか」

と新聞社の人が一尺ばかり唐紙をあけて見せると、ひき下ったが、すると、又、宴会が益々もって馬鹿騒ぎになってしまった。

　隣室がうるさくなると、升田八段、それにつれて、ゲッテモノカ！　と叫んだり、考えながら急にフフフフと笑いだしたり、四五銀を木村同飛ととると、大きな声で、オトクサンカ！　と叫んだり、忙しそうにコマ台の歩をとりあげて、コマ台にパチパ

チ叩いて、やめにする。七分考え、四四銀打。

木村、そうだろうな、と呟き、むつかしい、それから、又、むつかしいところだな、と呟いて、再度の長考が始まった。

隣室から、雨のブルースの合唱。前名人、うるさげに、つまらん唄をうたってる、と呟くが、升田八段は賑やかさに悦に入り、笑い声をたてている。こっちも負けずに、石山寺の秋の月、とか、色々と小声で唄う。

六時半に電燈がついた。そのとき、あと二時間です、と記録の少年から前名人へ。そのころから、升田八段、もはや唄わず、急に熱心に読みだした。両々劣らず、嚙み合うように読みふける。そうか、と木村ふと何か気付いて呟くと、将棋はむつかしいものだと、それに答えるように升田が呟いた。

木村前名人の長考の途中、七時に夕食となる。

新東海新聞の人が私の為にお酒をもってきた。手合が終ってから、暁方のむから、夕食の時にはいらない、と私はことわっておいたのに、先方が親切すぎて、ムリヤリ持ってきて、すすめる。

今のむのは、私の方はつらいのだ。なぜと云って、てんで分りもしない将棋を、一時間二時間の長考のオツキアイをする、前晩もねていないから、ずいぶんゼドリンをのんでいるのだが、ねむくて、たまらぬ。酒をのんでは、尚(なお)さら睡くてたまらぬだろう。

すると新聞社の人が、私に見切りをつけて、升田八段に湯呑みを差して、疲れを忘れますよ、一パイ、とすすめる。

升田八段、私を見てクスリと笑って、

「酒を飲みおって、不謹慎やと、坂口さん、観戦記に書くのやろうなア」

と、てれながら湯呑みを受けとって、酒をついでもらった。

そこで私もオツキアイをして、少しのむことになった。二合ぐらいずつ飲んだようだ。

木村前名人は私のゼドリンを五粒のんだ。

前名人はゼドリンとかヒロポンという覚醒剤を用いたことがないのだが、汽車の中での話に、徹夜の時は、年のせいで、夜更けになると頭がぼやけるとこぼしたから、私がゼドリンをすすめた。

私のように連用するのはよろしくないが、棋士の方は五日に一度とか、一週一度の手合であるから、連用にならず、害もすくないであろう。

じゃア、あしたタメシてみましょうと前名人云っていた、がイザとなると、でも、マア、よしましょうと云う。けれども大成会の関本氏もともども、たしかに疲れが治りますよ、とすすめたもので、のんだ。

のんだグアイはよかったが、手合のあとで眠れなくて困ったと、翌日こぼしていた。

夕食は休憩時間をきめず、存分に休息したいと両棋士の意見で、二時間ちかく、ゆっくり休む。

別室で加藤博六段から、目下の前名人の長考について解説して貰う。

加藤六段、大したもので、四四銀打、八二飛、四四銀成、四七飛、三四成銀、となり、以下六七飛成となっても、即詰がなく、前名人に悪くないという。実際に、この解説通りの手順となり、前名人の勝となったから、びっくりした。

新東海新聞の親玉連はみんな将棋が強いのだそうだ。それぞれ盤にならべてみて、木村悪しという結論であったが、加藤六段の解説で、木村よしというから、にわかに色めき立っている。

九時十分前ごろ、では又、と、向い合う。前名人、ひきつづいて、合計一時間四十三分の長考の後、同飛ときる。

とたんに升田八段、待ってましたとばかり、前名人の指の下から、ひったくるように、同金ととる。

木村再び、何を、とばかり升田の手の下をくぐる素早さで、五三銀打、以下、バタバタバタ、二人の手がヒラヒラ、ヒラヒラ、盤上にもつれて舞って、アッというまに、八二飛、四四銀成、四七飛、三四成銀、六七飛成、とたんに、それだけ済んでいる。

ようやく二人の手がひっこむ。一パイ機嫌でヨロメキながら、と升田八段の唄がでた。

木村前名人は、あと一時間半足らずしか残していないが、升田八段、まだ、二時間と使っていないのである。

もっとも、相手の長考のあいだ、自分の手番の意気込みで、いと勇ましく読んではいた。そのあげくが、いつも例のバタバタ、横ッ面のヒッパタキ合いということになる。

このあたりまで升田八段、威勢がよかった。やがて、にわかに、弱りだす。

我々の小説でも、原稿紙に向えば、いつも同じ、とは参らぬもので、気組みの相違もあるし、よく読める日、読みの浅い日、心構えで、色々と変りがある。

　思うに、升田八段は、この日は、いささか軽卒であったと、私は見受けた。木村何者ぞ、軽く一蹴、というような、自ら恃みすぎて、敵を軽んじたところがあったと私は思った。私には棋譜は分らぬ。ただ、心理を読んでいるだけである。

　この一戦は、心構えで、たしかに前名人が勝っていた。二時間の長考をムダにして、よく忍び、ええママヨという勇み肌をつつましく避けてでた。この一戦に関する限り、升田八段には、これだけの心構え、つつましさはなかったようだ。

　ハッタリというものは、有ってもよろしい。これは、ただ、外形的なもので、腹の中の内容まで、ハッタリであってはならぬ。

　勝負は気合いだというが、これはウソだ。およそ勝負は、気合いを避けねばならぬ。そして、勝負は、常に、ただ、確実でなければならぬ。確実に勝たねばならぬ。確実ということは、要するに、一番速いということでもある。

　この一戦に関する限り、升田は確実ではなかった。勝負は確実でなければならぬ、ということを最もよく知る升田が、この一戦では、それを失っている。

　確実という魂が読んではおらず、ハッタリという魂が読んでおった。

ゼドリンと酒、使用時間の少さ、そんなことは問題ではない。その人の体質によって、勝負に多少の酒ぐらい飲んで悪いということはない。又確実な読みは時間の長さによるものではない。

よく閃くときは、時間がいらぬ。小説もそうだ。一番よい着眼が、すぐヒョイヒョイと閃くという時もある。

問題は心構えである。

夕食後、木村長考の果、四四同飛、それからバタバタのあと、前名人一分ほど手を休めたが、七八銀打、すると升田八段、ヤッパシ！　と大きな声、グイと盤上へかがみこむ。そして、また、大きな声で、

「それじゃア、いかんでしょう」

と言う。

「ウン？」

何が悪い、というように、前名人ジロリと目を光らすが、升田八段、盤上へグイとかがんで頭をあげず、盤を睨んで、

「こっちが、いかんでしょう」

と呟く。それから、大きな声で、

「カホクはあざなえるナワの如し。カホクはあざなえるナワの如し」

と、念仏みたいに唸りはじめた。カホクは河北のことかな。彼は色々と学があって、私には分らぬ。

四十五分、考えた、この一戦で、これが升田八段の最長考だ。

蒸しタオルをとりよせて、両棋士、顔をふく。升田八段、カゼをひいて、長く風呂へはいらないから、クビをふくと、タオルが真ッ黒になった。明日は風呂にはいらなければならぬ、と自分に申し渡すように呟いている。

四十五分考えて、八六歩。木村同歩。

升田八段、又考えこんだ。盤上へグイとかがみ、大目の玉でギロギロ睨んで、それは余人に非ずして、と唄を唸っていたが、にわかに大声を発して、

「一つ足りない、一つ足りない」

つづいて、バン町皿屋敷、バンサラ、かと呟いた。ウームと胸をはって遠目に盤を睨むと思えば、ウムと俯して、目を光らせ、やがて、

「一つ足りない」

これが唄になり、浪花節になる。ウームと唸り、ハッタと睨み、

「バンチョウ、サラヤシキ。オキクの場、オキクの場、オキクの場」

一枚足らなくて、敵に詰みがないのである。

バンサラ、オキクの場、一枚足らない苦吟が十五分、升田七八桂ナル、同金、六六歩。

前名人、自陣をにらんで読みふけっていたが、ツマナイというわけかな、とかすかに呟いて、腕を組み、いよいよ敵陣をにらむ。

これまた十五分考えて、四四桂と打つ。とたんに升田八段、

「ハッと打ったか」

と呟いたが、つづいて大声を発して、ナルホドちぎる秋なすびかと、叫んで、これより手を代え品を代え、にぎやかに、又、いそがしく、七転八倒をはじめる。

「これ、きやがったか。そうかい。そうかい」

いそがしく貧乏ゆすり。ハッと坐り直し、

「ホホホホホホ。ホホホホホホ」

口をすぼめて、又、ホホホホホホ、それから、

「ホタルコイ。ホタルコイ。オオ、ホタル」

と唄になった。とこんどは唸りとなり、

「ホタルカ、ホタチャン」

貧乏ゆすり。ハッとかがみ、ハッと起き、ヒョイと坐り、ツとアグラになり、口の方はなお忙しい。親父のヤリクリ、何とかと呟く次には、グイと上体をねじり起して、

「そういう手々がありますか。これは詰みがございますか。そうでございますか。こりゃ、いけない。こりゃ、いかん」

そうだったか、そうでございますなア、と言って、フフフフフと口をとんがらして笑った。

「軽卒のソシリ、まぬがれがたしか」

そして、やられましたか、フフフと笑う。

イケネエ、イケネエ、ナンニモナラヌ。バカやりやがったか、キンランドンスの帯しめながら、何とかの母ちゃん泣いている。そして、又、フフフフと笑う。

「詰んだからなア。これ、ビシャッと」

ヒュヒュヒュヒュと口笛。ハー、パー、パパパパ。ウーントコセエ、と唸り、

「いささか、困ったなア、小生も。困った、困った」

と三十一分苦しんで、三二金打。コマをパチパチ叩いた。

升田八段、大混乱、苦悶の三十一分。ここで勝負はハッキリきまったらしい。

木村前名人は、益々慎重である。落付こう、落付こう、とつとめているようだ。升田八段も、どうやら、混乱がおさまった。

前名人、二分考えて、三一桂ナル。升田八段も二分ほど考え、いささかのことであった、と呟いて、同金ととる。前名人、銀をつまんで、四一銀打、攻撃をつづけるから、

「ナンボでも！」

と升田八段、スットンキョウの大声で、大阪将棋会所風俗である。

九分考え、面白くないな、と指一本で龍を抑えて、スーと横にひっぱって、四七へ逃げた。前名人、四四へ歩を打って、龍のききをさえぎる。

そこで升田八段、自陣が金とれだから逃げなきゃならない。すぐ金をつまんで四二へ逃げようとしたが、

「どうも、もったいないな。こんなの、逃げちゃア」

と、元において、盤を睨む。

「どうも、つみそうだな。バタバタバタバタバタ。バタバタバタバタバタ」

頻（しき）りにバタバタバタバタバタを唸りながら三分考えて、マア、どうも、逃げてみ、と、四二金と逃げて、パチンパチンと叩いた。

木村前名人、四分考えて、二四歩。すると、間髪を入れず、升田八段が三一玉とひいた。

とたんに、前名人、サッと顔色を変え、

「サア、サア、これは、まちがったぞ」

顔色を失って、叫んだ。混乱、苦悶。こんどは前名人の番である。

どういうマチガイだか、むろん私に分る筈はない。

「これは大変なことをしたぞ」

と叫んで、マッカになって盤を睨み、

「これはガッカリ、ガッカリを、したぞ」

そのとき、記録係の少年が、あと一時間です、前名人、うん、と呟いて盤をにらむ。

前名人の苦悶は、尚、つづく。

「バカな手をさしたな」

　考えこんで、

「ウッカリした手をさしたな」

　アー、ア、と大息をもらして小用にたつ。

　戻ってきて、又、考えこみ、

「読めないなア。どうも、むつかしいな。わからないことをしちゃったネ、この将棋は」

　三十三分も考えて、

「ショウガないな、ここへ金をひとつ、やっちゃい！」

　と言って、三二金打。

　素人(しろうと)の悲しさ、私は前名人に、だまされたのである。べつに前名人、危いわけではなかったのだ。

　けれども、サッと顔色を失い、これはマチガッタゾ、と叫んだのに、ウソのあろう筈はない。三一玉を見落していたのだろう。けれども、よくよく読んでみると、前名人が読み忘れたというだけで、別段に鬼手というわけでもない。

こっちは、そんなこととは知らないから、前名人が、顔色変えて叫んだ時には、いよいよ前名人の負かと思った。

升田八段は、すました顔で、前名人の混乱、苦悶をうけ流している。実際は、その混乱、苦悶に値いせぬ手で、自分の負けを承知しきった冷静であったのだろう。然し、素人の私に、そんなことは分らない。ここでドンデン返しとは、木村前名人よくよく運のない人だ、などと、私はそぞろ同情の涙禁じ難い胸の思いであった次第。まったく、ひどい目にあった。

私のようなヘボ碁でも、勝碁にきまった時に限って、サア、しまったなどと、顔色変えて叫んでみることがある。さしたることでないと知りながら、やる時もあり、ほんとに一時ハッとする時もある。

専門家でも、勝負心理のクセというものは、同じものであるらしい。

前名人の四三成銀に、升田八段、うるさいことをやってきたな、と呟いて考えこみ、「あとは野となれ、山となれ」

ウーウウウと鼻唄で浪花節をやりだす。

木村前名人、わが勝とみて、益々慎重をきわめ、コウくると、こう、コウクルト、と一々呟きながら読んでいる。

升田八段、九分考えて、三四銀。三二成銀、同玉、五二飛打。

ここで、升田八段、又、大混乱。

「ワシア、打ちきりであった、ワシア」

それから、

「サッカク、シテオッタ。サッカク」

それから、浪花節だか、義太夫だか、わからぬような鼻唄となり、

「イカンコトヲシタ。イカンコトヲシタ。ショウガナイ。ショウガナイ。ショウガアリマセン」

おやおや、やっぱり升田八段が悪いのか、と、ようやく私に、また、わかる。

碁の方だと、盤面を計算することができるから、私のヘボ碁でも勝敗の察しはつくが、将棋の方は、棋士の態度で勝敗優劣を判ずる以外に手がないのだから、私の立場というものは、まことに侘しく、悲しいもので、妙に無能を意識させられ、みじめな思いを感じさせられるものなのである。

升田四二金打、二三歩ナル、同王、二四金、三二王、三四金。すると升田八段、

「ウーン、ソレマデカ」

と一唸りして、五二金、四三銀。

そこで、升田八段、ペコンと頭をさげた。負けたのである。つまり、口の方では、一手前に、ソレマデカ、先廻りの一唸り、白旗をあげておいたのである。

そのとき、午後十一時五十五分。

夜の明け方までかかる覚悟をかためていたが、升田八段がいくらも時間を使わないので、おかげで私は助かった。

勝負が終ってからも、両棋士はコマを並べて、オサライをする。その熱心さ、はなはだヒタムキである。

三十分ほどオツキアイして、私は酒をのみ、風呂をあびて、ねた。両棋士はあけ方の三時半まで、コマを並べて検討し合っていたそうだ。

升田八段は、それから更に五時ごろまで、新聞社の人と碁を打っていたそうだ。

私の寝室には、升田八段の荷物がある。一ヶ月東京に遠征していた荷物だから、大きくふくらんだリュックと、ハンゴーがある。復員のヤミ屋という姿である。

翌日、升田八段は睡眠不足で青ざめていたが、ミレンげなところは、まったく、なかった。

対局前の不穏な殺気、敵愾心にくらべて、対局中はともに真剣であるというだけで、殺気立ったところはなかったが、対局後はまた、意外に平和、穏やかな御両名であった。

にわかに打ち解けて、仲よしになったような様子であった。

「二人は性格が似てるんじゃないかな。ねえ、君」

と、木村前名人が、升田八段に言う。

たしかに、似たところはあるようだ。

大成会の関本氏が升田八段を評して、勝負師はあれでいい、あれで四十を越すと、ちょうど良くなるんですよ、と言った。

「ねえ、君、勝負師は傲慢なウヌボレがなきゃダメだよ。オレが一番強いというウヌボレね。強いから、うぬぼれるんだ」

と、木村前名人が言うと、升田八段が、うなずいた。

升田八段の態度を肯定してやろうとする前名人のイタワリでもあったが、又、自分自身もそうだ、ということの肯定で、二人の中の同質なものの、発見から、友情を育てようとする、あたたかい思いがこもっていた。

升田八段は、実は謙虚な男である。

私のような未熟者が、と彼は言った。それは全くそれだけの裏のない言葉で、イヤ味というものが感じられない、ザックバランの言葉であった。

それが彼の偽らぬ気持であるに相違ない。実際、彼はそういう男だ。むろんウヌボレはある。自恃の念は逞しい。然し、わが芸道の未熟について省察を忘れることのない男である。

復員ヤミ屋みたいな姿で、平気で東海道を往復している彼は、昔の武者修業者と同じような、修業一途の遍歴に打ちこんでいる、それだけの生一本な男なのである。

卑屈なところがミジンもなく、その謙虚が泌々と素直にでていて、気持ちがよい。

木村前名人が、又、あの勝った瞬間から、すこしもイヤ味がないので、私は感心した。

負けた敵に同情するような安っぽさはミジンもない。そのくせ、勝ったという圧迫を、相手におしつけるようなところも、まったくない。まことに自然で、このへんは、勝ちなれた王者の貫禄というようなものだ。

たぶんきわめて心のやさしい人なのだろう。

升田八段にも、そういう素直なやさしい心がある。

然し、升田八段の方は、まだ若いから、勝負師の激しさが前面へ押しだされており、そのために、人柄まで、傲慢という風に見える。

木村前名人の方は、あべこべに、心のやさしさ素直さが前面へでて、勝負師の激しい気魄が隠されている。わるく云えば、そのおかげで、実際、勝負師の気魄まで薄れたようなところがある。

勝負師の気魄と、持ち前の気質のやさしさ、この二つは別物だから、こんがらがらせてはいけない。対局の翌日の両棋士は、心の素直な、やさしい二人であった。

この一局に升田八段が敗れたことは、彼のために、多くの実をもたらすものではないかと思う。

彼はたしかに軽卒であった。心にユルミがあった。敵を軽く見ていた。

敵を軽んじるようになっては、悪い意味の慢心である。

対局前夜の泥酔、然し、泥酔はまだいいのだが、睡眠不足、心構えが足らなかった。

私はムリな仕事をするツグナイとして、いかに睡眠を利用するかということに、最も心を配っている。だから、ともかくカラダがもてるというもんだ。

升田八段はまだ血気だから、多少のムリぐらい、と気負っているかも知れぬが、文学だって、将棋だって、同じだろう。眠り不足の頭では、鋭い閃きや、深い読みはできないものだ。

彼は、この一戦、確実に読みきる心構えにも欠けるところがあったが、確実に読みきる生理にも欠けるところがあったと私は思っている。

対局前夜は人にひきずられず、自分のペースで酒を飲み、自分のペースで、眠りをとる、その用意が欠けてはならぬ。

同時に又、木村前名人の方は、この一戦の勝利によって、新生面の発芽をつかみ得たのじゃないかと考えられる。

升田将棋の原則は、木村本来のもので、本来木村はカンによってそれを知りながら、時代的な相違のために、その本来のものを育てず、逆な風格を育ててしまった人であるから勝負師本来の原則をつかめば、たちどころに龍となって復活する大達人である。

二人の今後の争いほど、二人を育てるものはない筈である。

そして、それをめぐって新人の棋風を一変させ、将棋に革命的な飛躍が行われるに相違ない。

全ての道に、そうあれかし、と私は祈って観戦記を終る。

〈初出未詳、一九四八年〉

将棋の鬼

将棋界の通説に、升田は手のないところに手をつくる、という。理窟から考えても、こんなバカな言い方が成り立つ筈のものではない。

手がないところには、手がないにきまっている。手があるから、見つけるのである。つまり、ほかの連中は手がないと思っている。升田は、見つける。つまり、升田は強いのである。

だから、升田が手がないと思っているところに手を見つける者が現れれば、その人は升田に勝つ、というだけのことだろう。

将棋指しは、勝負は気合いだ、という。これもウソだ。勝負は気合いではない。勝負はただ確実でなければならぬ。

確実ということは、石橋を叩いて渡る、ということではない。勝つ、という理にかなっている、ということである。だから、確実であれば、勝つ速力も最短距離、最も早いということでもある。

升田はそういう勝負の本質をハッキリ知りぬいた男で、いわば、升田将棋というものは、勝負の本質を骨子にしている将棋だ。だから理づめの将棋である。

升田を力将棋という人は、まだ勝負の本質を会得せず、理と云い、力というものの何たるかを知らざるものだ。

升田は相当以上のハッタリ屋だ。それを見て、升田の将棋もハッタリだと思うのが、間違いの元である。

もっとも、升田の将棋もハッタリになる危険はある。慢心すると、そうなる。私は現に見たのである。

昨年の十二月八日、名古屋で、木村升田三番勝負の第一回戦があって、私も観戦に招かれた。

私が升田八段に会ったのは、この時がはじまりであった。

手合いの前夜、新聞社の宴席へ招かれた。広間に三つテーブルをおく。三つ並べるのじゃなくて、マンナカへ一つ、両端へ各々一つずつ、離せるだけ離しておいてある。

　これは新東海という新聞社の深謀遠慮で、木村と升田は勝負仇、両々深く敵意をいだいている、同じテーブルに顔を合しては、ケンカにでもなっては大変だという、銀行や一般会社じゃ、こんなことまで頭がまわらぬ。新聞社雑誌社というものは、御本人も年中酔っぱらってケンカしているものだから、こういうところは行届いたものである。

　私と升田は同じテーブルで、ここは飲み助だけ集る。升田は相当の酒量である。私はウイスキーを一本ポケットへ入れて東京を出発した。升田と私がこれをあけて、升田はそれから、かなり日本酒も呷(あお)ったようだ。

　私は酔っ払うと、アジル名人なのである。口論させたり、仲直りさせたり、そういうことが名人なのである。新東海の荒武者もそこまでは御存知ないから、テーブルを三つ離して安心していらっしゃる。ダメである。

　東京の将棋指しは升田は弱い弱い云いよるけど、勝ってるやないか、などと微酔のうちは私にブツブツ云っていたが、そのうちに泥酔すると、名手が悪手になる、なに阿呆云うとる、阿呆云うて将棋させへん、木村など、なんぼでも負かしてやる、だんだんだん勇ましくなってきた。木村前名人、酒量は少いが、これも酔ってる。名題の負けぎらい、黙してあるべき、君はまだ若いよ、君より弱くなるほど、まだモーロクはしないよ。俺が強い。ナニ、お前なんか強いもんか。とうとう、離れた席で各々立膝となって、人々の頭越しに怒鳴り合っている。

オレが強い、お前なんか、両々叫び合ったところで、私がなんなくまとめあげて、宿屋へもどる。それから碁を打つ。木村前名人が碁の初段で、升田八段が、あいにくなことに、ちょうどそれと同じぐらいの力量なのである。

そこで又、碁石を握って、オレが強い、お前なんか、すごい見幕（けんまく）でハッシ、ハッシ、升田白番で十目ほど勝った。

然し、これがそもそも升田失敗のもと。私や升田のような酒飲みは、酔っ払ってすぐ眠ると熟睡できるが、酔いがさめかかるまで起きていると、さア、ねむれなくなる。私は宿へ戻る、すぐ寝ようとすると、まア碁を一局と、木村升田両氏と一局ずつ、それから、両氏のケンカ対局を見物して、酔いがさめ、宿に酒がないから、とうとう眠れなくなってしまった。升田八段が又、殆（ほとん）ど眠れなかったらしい。

翌日の対局は結局木村が勝った。

私が観戦していたところで、将棋はてんで分らない。見ているのは御両名の心理だけだが、将棋そのものが分らないのだから、それに伴う微細な心理はやっぱり分らない。きわめて大づかみの分り方しかできないのである。

然し、この将棋に関する限り、升田は心構えに於て、すでに敗れていた。木村何者ぞ、なんべんでも負かしてやる、軽く相手をのみ、なめてかかっていたから、軽率で、将棋そのものがハッタリであった。

急戦か、持久戦か、という岐(わか)れ目のところで、木村二時間余考える。木村塚田名人戦の第七回戦、つまり木村が名人位から転落した最終戦で、急戦持久戦、この岐れ目というところで、木村、四時間十三分考えた。見物の私も、これには閉口したものだが、四時間十三分も考えた以上、退くに退かれず、無理な急戦に仕掛けてしまった。そして負け、名人位から落ちてしまったが、この勝負では二時間八分だか考え、結局、その二時間をムダ使いして、考えた急戦法を断念し、あたりまえの持久戦へ持って行った。

人間の気持として、これが当り前のようだけれども、却々(なかなか)できないのである。たった七時間の持時間、そのうちの二時間、それだけ使って考えた以上は、のっぴきならない気持になり易いもの、私たちの場合なら、すでに百枚書いた原稿を不満なところがあるというので破り棄てて書き直す、却々できない。

木村二時間八分をムダにし、よく忍んで平凡にさす。すると升田、相手が二時間も考えたから、こっちもいくらかつきあって考えるかと思うと、左にあらず、木村がさす、その指がまだコマから放れないうちに、ニュウと腕をつきのばして、すでに応手をヒョイとさしている。木村の顔がサッと紅潮する。何を小癪な、その気ならば、というわけだろう、今度は升田の指がまだコマから放れぬうちに間髪を入れずコマをうごかす。両々全然盤上から手をひっこめず、ヒラヒラヒラヒラと手と手がもつれて動くうちに、十何手かすすんでいる。

こっちが何時間と考えて指すのに、ヘタの考え休むに似たりと間髪を入れずヒョイとさされる、からかわれているようで、腹が立つものだそうであるが、昔は木村前名人がこの手が得意で、相手にムカッ腹を立てさせたものだそうだ。升田八段にオカブをとられて、何を小癪な、とやり返す。将棋だからバタバタバタと手と手がもつれてコマが動くけれども、ケンカならパチパチパチパチと横ッ面をひっぱたき合ったところだ。

このアゲクが、大事の急所で慎重な読みを欠き、升田ついに完敗を見るに至ったが、誤算に気付いた升田の狼狽、サッと青ざめ、ソンナお手々がありましたか、軽率のソシリまぬかれず、これは詰みがありますか、ガク然として、自然にもれる呟き、こうなると、相撲と同じようにカラダで将棋をさしてるようなもの、ハッとかがみ、又、ネジ曲げ、ネジ起し、ウウと唸り、やられましたか、と呻き、全身全霊の大苦悶、三十一分。勝負というものは凄惨なものである。

将棋までハッタリで指しては負けるのは仕方がない。升田のためには良い教訓であったろう。

升田は木村将棋の弱点を省察して、勝負の本質をさとったのであるが、木村という人が又、元来は骨の髄からの勝負師で、彼が今日、新人として出発する立場にあれば、升田と同じ棋理によって出発したに相違ない。

人間は時代的にしか生きられぬもの、時代の思想に影響され、限定されるものであるから、升田と同じ型の勝負師である木村が、貫禄を看板に将棋を指すようになった。負けても横綱の貫禄、そんなことが有るものじゃない。勝負は勝たねばならぬもの、きまっている。勝つ術のすぐれたるによって強いだけの話である。

昔、木村名人は双葉山を評して、将棋では序盤に位負けすると全局押されて負けてしまう、横綱だからと云って相手の声で立ち位負けしてはヤッパリ負けるだろう。立ち上りに位を制すること自体が横綱たるの技術のはずだ、という意味のことを云っている。

まさしくその通り、勝負の原則はそういうものだ。そのころの木村名人は、勝負の鬼であり、勝負に殉ずる人であった。そのうち、だんだん大人になって、彼自身が横綱双葉山となり、貫禄将棋を指すようになり、名人の将棋を指すようになった。

然し木村本来のものは、あげて勝負師の根性であるから、本来の根性に立直れば、元々の素質は升田以上かも知れぬ。

名古屋の対局では、木村は見事であった。一つの立直りを感じさせるものがあった。然し、まだ、どこやらに、落ちた名人、前名人、という、何となくまだ貫禄をぶらさげている翳（かげ）がある。これのあるうちは、木村は本当に救われておらぬ。一介の勝負師になりきらねばならぬ。骨の髄から勝負ひとつの鬼となりきらねばならぬ。

名古屋の対局では、升田が相手をなめてかかってハッタリ的にでたのに対して、木村はホゾをかため、必死の闘魂をもってかかってきた面影（おもかげ）があった。

だから、この一戦に関する限り、木村は勝負の鬼、めざましく、見事な闘魂、身構えであったが、その代り、この一戦だけ、というような超特別の翳があった。

これだけは負けられぬ、そういう特別な翳であり、この一戦を出はずれると、もとの貫禄へ戻りそうな、不安定なものがあった。

そういう危険は升田にもある。ハッタリで指せば負けるのである。

毛一筋の心の弛(ゆる)みによって、勝ちも負けもする、ここに勝負というものの残酷きわまる真相があるのだ。その日によって調子もあり、読みの浅い日、深い日、閃く日、閃きのない日、色々あろうと思う。

私たち文士だと、今日は閃きがないというので、仕事を休んで遊ぶことができる。勝負の方は、そうは行かぬ。約束の日だから、閃きのない日でも、指さねばならぬ。だから、対局の日を頂点にして、最も閃きの強い日をそこへ持って行くような、心構えと、その完全な用意がなければならぬ。

その点でも、升田は用意を怠っていた。木村は夜ふかししなければ眠れず、対局前夜におそくまでワアワア騒ぐとよく眠れるそうで、まんまと自分の睡眠ペースへ運びこんだのに比べて、升田は用意を怠ったのである。

次期名人は、たいがい升田らしい形勢であるが、その次にくるもの、これは新人でなく、やっぱり木村だろう。升田木村が名人を争うとき、この勝負の激しさは至上のものだろうと私は思う。私はその日をたのしみにしているのである。そして、それからの何年かは、名人位をとったり、とられたり、この二人の必死の争いがしばらく続くのじゃないかと思っている。

（『オール讀物』一九四八年四月）

II

囲碁修業

京都の伏見稲荷(ふしみいなり)の近辺に上田食堂というのがある。京阪電車の「稲荷」という停留場の西側出口に立つと、簡易食堂、定食拾銭と書いて、露路(ろじ)の奥を指している看板が見える、去年の秋から、その下に囲碁倶楽部(いごクラブ)という看板がふえた。僕が京都へ残して来た仕業(しわざ)である。看板の指し示す袋小路のどん底に、白昼も真暗な簡易食堂があり、その二階が碁会所だった。

書きかけの長篇小説の原稿をふところに入れて僕が京都へ行ったのは、去年の一月末日だった。始め隠岐(おき)和一の嵐山の別宅へ行ったが、のち、隠岐の探してくれた伏見のしもたやの二階へ移った。

ここへ弁当の仕出しを入れてくれたのが上田食堂で、やがて食堂の二階に空室があるからというので、これは好都合とそこへ移った。

その頃僕は田舎初段に井目置いて勝味のない手並であった。食堂の親爺はその僕に井目置いて、こみを百もらって勝てないのである。そのくせ碁が夫婦喧嘩の種になる程大好きだ。好きこそ物の上手なれ、という諺が物の見事に空理である。

つれづれに親爺と一局手合わせしたのが運の尽きであった。碁の達人が現われたというので、夜になると親爺の碁敵がつめかけてくる。親爺の碁敵だから推して知るべし。井中の蛙は僕だが、大海を忘れるよりも、こうなると徒然の娯しみが却って苦痛であった。

折から食堂の二階に空室ができた。元来旅館風に造られた建物で、会席には手頃なのである。得たりとばかり、親爺を籠絡してここに碁会所を創設させた。碁会所なら多士済々、僕ひとりがこの連中の相手にならずに済む筈である。あわよくば腕を磨いて、東京の連中に一と泡吹かしてやろうという遠大な魂胆もある。

毎晩つめかけて僕を悩ました連中の一人に関さんという好人物がいた。昔はれっきとした酒屋の旦那だったが、商売に失敗して今は奥さんが林長二郎の家政婦になって生計を立てている。金を持つと女が好きになる悪癖があって、碁会所をやっている最中にも、近所の怪しげな飲み屋の女中と別府へ心中に出掛けて、ぼんやり帰って来たりなどしてた愛すべき人物である。年は四十五歳。僕の眼鏡によって、この人物を碁会所の席主という形にした。上田食堂の老夫婦は単純な好人物で、忽ち人に瞞され易く、碁会所の番人を置くにしても関さんが最適とにらんだのである。この眼鏡に狂いはなかった。関さん以外の人だったら、きっともつれたに相違ない色々の事情が後々起きたのである。僕が宣伝ビラを書いた。

とりあえず食堂のお客を動員して十名ほどの会員ができた。会員の顔ぶれは、祇園乙部見番のおっさん杉本さん、別荘の番人山口さん、京阪電車の車掌宇佐美さん、もと巡査の狭間さん、友禅の板場職人高野さん、等々。いずれも自分の店のような肩の入れ方で、お客や来たれと待ち構えたが、力量一頭地を抜いているのが斯くいう僕で、席主の関さんが僕に六目という手合いだから情ない。

開店早々道場破りが現われては一代の不面目と、Mという初段を頼んで毎日来てもらうことにした。ところがこの初段負けると深刻な負け惜しみを言うので、甚だ聞きづらい。

常連一同忽ち総会を開いて、稽古を断ることにした。あとに残った弱勢では、しかしお客の相手がつとまらない。毎日引っぱり出されて大いに悩むのが僕である。ところが奇妙な風説が立って忽ちお客が減り出した。

食堂の親爺は僕のことを先生と呼ぶ。この親爺人の姓名を記憶する能力が先天的に不足していて、お客の名前を年中とんちんかんに呼び違い、諦（あきら）めて、陰では符牒（ふちょう）で呼ぶことにしている。僕の如く敝衣緼袍（へいいおんぽう）を身に纏（まと）い、毛髪蓬々、肩に風を切って歩く人種を、京都では一律一体に絵師さんと呼び、さてこそ先生で、始めから名前を覚える労力を省略したのである。僕宛の速達が来る度に、エエ、聞いたことのない名前や、と考えこむ始末であった。

そこで碁会所の連中も、皆な僕を先生と呼ぶ。僕が愈々（いよいよ）京都を去るとき、碁会所の連中鶏を数羽つぶして盛大な送別会を開いた。席上、ときに先生のお名前は、と改まって聞かれたほどで、一年間見事に先生だけで通用してしまったのである。みんな先生と呼ぶものだから、僕が碁を打っていると、知らないお客は僕を碁の先生と間違える。知らないお客は大概僕より強いから、時々間違えられて、てれることおびただしい。

近所にちぬの浦孤舟という浪花節（なにわぶし）の師匠が住んでいた。軍記物の名手だそうで、関西ではかなり名の売れた師匠だそうだ。僕が最初三目置いたが歯が立たない。碁の半玄人で先ず三級というところだ。

この師匠、碁が道楽で、来る匆々まず一ヶ月の会費を払いこみ、近所に結構なものが出来た、毎日通おうと意気込んだが、翌日からふっつり見えない。そのうち近所の碁打ち同志に今度の倶楽部はへぼクラブだという風評が行きわたり、お客が全く来なくなってしまったのである。風評の火元は師匠だった。碁を習いに行ったら、あべこべに先生に教えて来たと言うのである。これには先生穴の中へもぐりたかった。へぼクラブ、うむ、ほんとうにうまいことを言う奴ッちゃ、とクラブの面々讃嘆時を久しゅうして、誰一人腹を立てる者がない。僕のみ独りひそかに心に期するところあり、一大勇猛心を揮い起したのは流石に先生の貫禄であった。

その頃丁度千枚ちかい小説を書き了ったのだが、全く不満で、読むに堪えないのであった。千枚の大量の仕事が全く不満であるときの落胆の暗さは切ない。二度と起ち上る日を予期出来ないほど打ちのめされ、絶望に沈まざるを得なかった。その落胆と焦燥は、文学と絶縁せずにいられぬ思いに人を駆り立てるものである。その上病気で、正当な野心を育てる大精神は滅入り、くさる一方であった。

しばらく碁に心魂を打ちこんで、落胆を洗濯することにした。噂に聞くと同じ伏見深草に、島という強い二段がいるという話であった。関さんを使者に立てて依頼すると、この二段は気軽に出張を快諾した。

寝ては夢、起きてはうつつ、と云う文句は、この時だった。目を覚ます、とたんに僕の頭の中に碁盤がある。既に石たちがひとりで動きはじめている。昼は一日書物を睨んで定石を暗んじ、夜は碁会所に現われて、忽ち実戦に応用する、という熱中ぶりだ。三ヶ月間つづいた。碁の定石と外国語の文法は、同じ程度の学力によって習得できるものである。

久方ぶりに姿を現わしたらぬの浦孤舟師匠を忽ち互先まで打ち込んだときには、ために碁会所も鳴動するばかりの拍手大喝采であった。

うちの先生は強いもんや、と云うことになり、師匠はその日から最も熱心な常連となった。碁会所の繁栄は暫くつづいた。

碁会所が繁栄するにつれて、お客の中には、うるさい事を言いだす人が、だんだんでてきた。関さんの評判が悪いのである。

関さん碁が大好きだから、お客を見ると、まっさきに合戦を挑み、忽ち夢中となって、あとから来たお客の方は見向きもしない。

ぼんやりしているお客がいても、自分の合戦を中止して、敵をゆずるという大精神が完全にないのである。勝てば忽ち気を良くし、いや、あなたはちょろいと納るし、負ければ大いにいきりたって、負け惜しみを並べたてること騒々しい。

合戦中はつり銭をだす労力も面倒なので、あしたにしておくれやすと云って、見向きもしない有様だった。随って、よっぽど幸運なお客だけが、関さんに座布団をすすめられたり、一杯のお茶にありついたり、するだけであった。関さんは碁席に寝泊りしていたが、来客が揺り起すまでは、決して自発的に起きないという磐石の信念を変えなかった。

食堂の親爺は金主だから、お客のぼやきをきく度に、焦ること一通りでない。

常連もふえて、有段者も二三あったが、Kさんという一級の人が、力は一番強かった。商売に失敗し、芸で身を立てようと思案中であったから、好機逸すべからずと食堂の親爺夫婦にとりいりはじめた。お客の方へも手を廻して、関さんをすっかり悪物にしてしまったのである。関さんくさって、子供みたいに家出をして、四五日行方をくらますなどという椿事である。

そのうち親爺もKさんの魂胆が分かり、Kさんの前身が、何の某の身内の何の某という人物だったというようなことも分かって、大いに慌てはじめた。親爺悄然（しょうぜん）として僕のところへ助力を求めにやってきた。事面倒と見ると、万事先生に委（まか）すのである。先生その頃碁の方にいくらか覚えができたけれども、能力に覚えがないので、大いに弱った。

この碁会所は、元来僕の大精神によって、断乎賭碁を厳禁したので、松原署の特高係Tさんという会員までできたほどだ。ほかの碁席はTさんを敬遠するので行けないのだ。そこでくさったのが、友禅の板場職人高野さんだった。山本宣治の葬式の一番先頭に赤旗を担いだ威勢のいい人物だからである。「坊ちゃん」を無学にしたような正義派で、勇み肌の快人物だが、この碁会所の創設から肩を入れること並々でなく、宣伝の為に京都中を駈けまわったものだ。然（しか）し警察がよくよく性に合わないと見え、Tさんが現われると、すっかりふくれて突然麻雀に転向していた。

もう今年の五月だった。再度一大勇猛心をふるいおこして書き直しはじめた僕の長篇小説も、愈々完成するところだった。早く帰れと云って、竹村書房から金を送られてきていた。

僕は高野さんの友禅工場へでかけていって、事情を話し、僕の帰京後の碁席の世話を依頼した。へ、ようがす、心得ました。と言ったとたんに着物を着代えて、高野さんの大活躍がはじまった。高野さんは勇み肌だが、人徳があるので事が荒立たない。みんな噴きだしてしまうのである。先日、関さんの機嫌も直って和気が戻ったという便りを貰った。

高野さんは奥さんに鳥屋をやらせた事があるので、僕の送別宴に、五六本の庖丁と、奥さんを従えて悠々現われ、我々の面前で、奥さんに鶏をつぶさせて大いに女房の自慢をし、男振りをあげたものだ。

皆さんのうち、碁に自信のない人があったら、下洛の節、この碁席に立ち寄ってごらんなさい。関さん相変らずお茶を飲まして呉れないだろうが、その代り、常連の誰を相手に挑戦しても、大概あなたは勝つ筈である。

（「都新聞」一九三八年六月二十一日〜二十三日）

負け碁の算術

私が昨年茨城県の取手という淋れた町に閑居していたとき、町でたった一人の碁敵があった。もう七十ぐらいのお爺さんで標札に勲八等と大書しておく御人であった。先方が四目置いて打ちはじめ、七目となり、八目になった。口惜しまぎれに私の石を殺しにくるから、益々負けがこむ。実際は五目ぐらいで丁度良い手合であった。

このお爺さんは大変な負けぎらいで、わしに七目置かせれば初段じゃ、などといきり立って、私が初段でないことを冷笑したり、昔、もう何十年以前に、なんとかいう初段に七目で勝ち、七目では打てませんとあやまらせた、などと、実に遠距離からいやがらせを言う。

万事この調子で、全身全霊をあげて挑戦してくるから、私も亦、負けたくない。井目置かせなければ我慢がならぬ気持になって、せっかくの八目が七目に下ったりすると、口惜しいこと夥しかった。

で、私は生れてこのかた、この時ぐらい口惜しがったり溜飲を下げたりして碁を打ったためしはないのだが、そのお陰でここに、数学上の大問題に逢着した。

かりに私は尾崎彰という人に七目置かせて打っていると仮定する。生憎私が三度負け越して、今カドバンである。野上一雄氏は——オット違った——尾崎彰氏は流汗淋漓、精根傾けて力闘したが、軽く一蹴されて、結局私がまだ二回の負け越しである。

即ち私が尾崎彰氏に八目置かせるためには、あと六回勝ちつづけなければならないのである。カドバンから数えると、七回勝ちつづけなければ八目にできない。

ところが、ここに、問題がある。即ち私が先刻のカドバンで負けたとする。即ち手直りで、尾崎彰氏は六目となり、天にも上る心持である。もはや終電車もない時刻だというのに、有頂天で、更に私に挑戦する。とはいえ、実力の相違は致し方がない。六目では到底歯が立たないから、連戦連敗、四回あっさり負けつづけて、忽ち元の七目となり、更に又四回負けつづけて、丁度あたりの白む頃には哀れ八目となってしまった。六目から八目まで、八回の勝負でけりがついたわけである。

つまり私は先刻のカドバンから八目に漕ぎつけるには七回勝つ必要があった。ところがカドバンに負けたので、七に一たす八回で、今度は八回勝たなければならなくなった次第である。

だが、ここに不思議なのは、カドバンからだと、私は七目で七回勝たなければならないのだ。なにしろ七目で七回だからマア安心だと尾崎彰も秘かに思っていたのである。

ところがカドバンで又勝ったから大喜びで、八目の心配解消と心得、のびのびした気持になった矢先であった。六目で四回連敗する。忽ち七目である。サア、七目だと気がついた時は、もう遅い。さっき七目の時には、七目で七回負けなければ八目にならない筈であったのに、おまけにカドバンまで勝ったあげくのことだから八目には縁の遠い筈だったのに、今度七目だという時には、あと四回で八目という土俵際へ押しつめられているのであった。

つまりカドバンから八目までは七目で七回だが、六目からだと、六目で四回、七目で四回で、せっかくカドバンで勝ちながら、実は七目の勝ち越しを六目の勝負で取り返されている訳になる。六目にした功徳があるどころか、却って八目の方へ近づいていたのである。

　そこで尾崎彰氏は一番電車の通る頃、突然つむじを曲げて私に食ってかかることになる。

「こんなおかしな話はない。今度八目といぅてはないよ」

「今更女々しいな。七目で四回負けたから、八目さ」

「いや。それがおかしいよ。だって君、さっき七目の時は、君が七回勝たなければ八目にならない勘定じゃないか。だから――」

「無茶言っちゃ、いかんな。六目で四回負けたろう」

「いや。六目は六目さ。君は六目で四回勝って、さっきの七目へ戻ったわけだ。然るにさっきの七目は七回勝たなければ八目にならない勘定なんだから、今度の七目でも君が七回勝たなけりゃ、僕は八目置くわけにはいかんよ」

　よっぽど口惜しくないと、こういう深遠な数理は発見できないものである。

（『囲碁クラブ』一九四〇年十一月）

文人囲碁会

先日中央公論の座談会で豊島与志雄さんに会ったら、いきなり、近頃碁を打ってる？

これが挨拶であった。四五年前まで、つまり戦争で碁が打てなくなるまで、文人囲碁会というのがあって、豊島さんはその餓鬼大将のようなものだった。

僕は物にタンデキする性分だが碁のタンデキは女以上に深刻で、碁と手を切るのに甚大な苦労をしたものだ。文人囲碁会で僕ほどのタンデキ家はなかったのだが、その次が豊島さんで、豊島さんはフランス知性派型などと思うと大間違い、僕は文士に稀れなタンデキ派と考えている。

豊島さんの碁は乱暴だ。腕力派で、凡(およ)そ行儀のよくない碁だ。これ又、豊島さんの文学から受ける感じと全く逆だ。

川端康成さんの碁が同じように腕力派で、全くお行儀が悪い。これ又、万人の意外とするところで、碁は性格を現すというが、僕もこれは真理だと思うので、つまり、豊島さんも川端さんも、定石型の紳士ではない腕力型の独断家なので、お二人の文学も実際はそういう風に読むのが本当だと思うのである。

更に万人が意外とするのは小林秀雄で、この独断のかたまりみたいな先生が、実は凡そ定石其ものの素性の正しい碁を打つ。本当は僕に九ツ置く必要があるのだが、五ツ以上置くのは厭(いや)だと云って、五ツ置いて、碁のお手本にあるような行儀のいい石を打って、キレイに負ける習慣になっている。

要するに小林秀雄も、碁に於て偽ることが出来ない通りに、彼は実は独断家ではないのである。定石型、公理型の性格なので、彼の文学はそういう風に見るのが矢張り正しいと私は思っている。

このあべこべが三木清で、この人の碁は、乱暴そのものの組み打ちみたいな喧嘩碁で、凡そアカデミズムと縁がない。

ところで村松梢風、徳川夢声の御両名が、これ又、非常にオトナシイ定石派で、凡そ喧嘩ということをやらぬ。この御両名も文章から受ける感じは逆で、大いに喧嘩派のようだけれども、やっぱり碁の性格が正しいので、本当は、定石型と見る方が正しいのだと私は思っている。

喧嘩好きの第一人者は三好達治で、この先生は何でも構わずムリヤリ人の石を殺しにくる。尤も大概自分の方が殺されてしまう結果になるのだが、これ又、詩から受ける感じは逆で、何か詩の正統派のような感じであるが、これも碁の性格が正しいのだと私は思う。

倉田百三なる先生がこれ又喧嘩碁で、これは然し、万人が大いに意外とはしないようで、彼は新橋の碁会所の常連であった。豊島、川端、村松三初段は全然腕に自信がなくて至って、鼻息が弱いのだが、倉田百三初段の鼻ッ柱は凄いもので、この自信は文士の中では異例だ。つまり、この鼻ッ柱は宗教家のものだろう。政治家なども大いに自信満々のようだが、文士というものは凡そ自信をもたない。

僕と好敵手は尾崎一雄で、これは奇妙、ある時は処女の如く、あるときは脱兎の如く、時に雲助の如く喧嘩腰になるかと思うと、時に居候の如くにハニカむ。この男の碁の性格は一番複雑だ。これ又大いにその文章を裏切っているがやっぱり碁の性格が正しいのだと私は思っている。

文人囲碁会で最も賞品を貰うのは尾崎一雄で、彼は試合となると必らず実力以上のネバリを発揮する。このネバリは尾崎が頭ぬけており、文士の中では異例だ。わずかに、僕がそれにやや匹敵するのみで、他の諸先生はすぐ投げだしてしまう。豊島、川端先生など、碁そのものは喧嘩主義だが勝負自体に就ては喧嘩精神は旺盛ではないようで、文人的であり、尾崎と僕の二人だけが素性が悪いという感じである。

文人囲碁会は、帝大の医者のクラブ、将棋さしのチーム、木谷の碁会所クラブなどと試合をしたが、勝ったことは一度もない。豊島大将を始め至って弱気ですぐ投げたり諦めたりしてしまうから、他流試合には全然ダメで、勝つのは尾崎と僕だけだ。尾崎と僕は必ず勝つ。相手は僕らより数等強いのだが、断々乎として、僕らは勝ってしまうのである。

尾崎は僕より弱くて、僕と尾崎が文人囲碁会チーム選抜軍のドン尻だが、他流試合ともなると、敵手のドン尻は大概二三級で、本来なら文句なしに負ける筈だが、全く、僕はよくガンバる。こういう闘志は僕の方が、やや尾崎にまさっている。

僕が今迄他流試合をして、その図々しさに呆れたのは将棋さしのチームであった。

将棋さしのチームは木村名人が初段で最も強く、あとは大概、三四級というところだが、彼らは碁と将棋は違っても盤面に向う商売なのだから、第一に場馴れており、勝負のコツは、先ず相手を呑んでかかることだという勝負の大原則を心得ている。

相手をじらしたり、イヤがらせたり、皮肉ったり、つまり宮本武蔵の剣法のコツをみんな心得ていて、ずいぶんエゲツないことをやる。こういう素性のよからぬ不敵の連中にかかっては文士はとてもダメで、実際の力はさしたる相手でないのに、みんなやられて、ともかく、闘志で匹敵したのは尾崎と僕だけであり、さすがに僕も、この連中にはややつけこまれた形であった。

僕が碁に負けて口惜しいと思ったのは、この将棋の連中で、いつか復讐戦をやりたいと思っているのも、この連中だけだ。僕のような素性の悪い負けぎらいは、勝負そのものでなしに、相手の人柄に闘志をもやすので、つまり僕と尾崎が、好敵手なのもそのせいだ。豊島さんや川端さんが相手ではとても闘志はもえない。

尾崎は本当は僕に二目おく筈なのだが、先で打つ、彼は僕をのんでかかるばかりでなく、全く将棋さしと同様に、じらしたり、いやがらせたり、皮肉ったり、悪逆無道のことをやり、七転八倒、トコトンまでガンバって、投げるということを知らない。

そのうえ、僕を酔わせて勝つという戦法を用いる。つまり、正当では必ず僕に負ける証拠なのである。

彼は昔日本棋院の女の子の初段の先生に就て修業しており、僕も当時は本郷の富岡という女の二段の先生に習っており、断々乎として男の先生に習わぬところなどもよく似ていた。

戦争以来、彼は郷里に病臥して手合せができなくなったが、日本棋院も焼けてしまって、文人囲碁会もなくなり、僕も碁石を握らなくなってから、三年の年月がすぎてしまった。

(『ユーモア』一九四七年一月)

本因坊・呉清源十番碁観戦記

上

対局前夜、夕方六時、対局所の小石川もみじ旅館に両棋士、僕、三人集合、宿泊のはずであった。翌日の対局開始が、朝九時、早いからである。

僕が第一着、六時五分也。本因坊六時五十分。さて、あとなる、呉氏が大変である。ジコーサマの一行が呉氏応援に上京し、呉氏の宿所へ、すみこんだ。すみこむだけならよかったのだが、即ち、これ宗教なり、よってオイノリをやる、一日中、やるのである。

宿所のオヤジ、カンシャクを起して告訴に及ぶ。哀れ、神様及びそのケン族は、警察に留置さる。呉氏、慌てふためき、これをもらい下げる。時に対局二日前の夜也。

呉氏ら、リュックサックをかつぎ神様をまもって、警察の門からネグラをもとめて行方をくらましたが、ウカツ千万にも、日本中の新聞記者が、この行先をつきとめることを忘れていたのである。

キチョウメンな呉氏が、約束の時間に現れないから、さてこそ神託によって禁足か。捜索隊が東京、横浜に出動する。徒労。悲報のみ、つづいて至る。

深夜、十二時十分前、もみじ旅館の玄関に女中たちのカン声が上った。呉氏がひょりヒョウ然と現れたのである。

僕らのまつ部屋へ現れるや、ボク、おフロへ、はいりたい。すぐ、フロへはいる。そこで、僕及び新聞社の人々、別室へ去る。両棋士にゆっくり眠ってもらうため也。

翌朝、八時に、両棋士を起す。呉氏、食卓へ現れるや、食膳を一目みて、オミソ汁、と言う。オミソ汁が呉氏のところになかったのである。持参の卵ひとつ、リンゴひとつ、とりだして、たべる。

世紀の対局は、閑静な庭の緑につつまれた二階である。

実質的に、名人戦である。呉氏が勝つや、囲碁第一人者は、中国へうつる。これが日本の棋界は怖くて、名人戦がやりにくかったのかも知れないが、そんな狭いケツの穴ではいけない。

　各種の技芸に日本が世界の選手権をめざす今日、他国人に選手権をとられることを怖れてはならぬ。むしろ、それが国技の世界的進出ではないか。この対局を受諾した本因坊は、偉い。彼は実に美しく澄んだ目をしている。

　本因坊も、呉氏も、羽織、はかまに改めて、対局場へ現れる。

　試合開始、サンマータイム、九時十七分。そのとき呉氏、記録係に向い、対局の時計だけ、今を九時にしましょう、という。そうする。

　盤に向って、呉八段石を握る。本因坊、丁先と言う。丁。本因坊先である。

　むしあつい。両氏、羽織をぬぐ。

　本因坊、温顔、美しい目に微笑をたたえて、考え、石を下していたが、一時間ほどたち、十四手目ぐらいから、顔が次第にきびしくしまって、鋭く盤を睨(にら)みはじめた。

　温顔のころは四十五、六の顔に見えたが、鋭くひきしまると、二十四、五の書生の顔になり、逞(たくま)しく美しいのだ。ここに本因坊の偉さがこもっているのだと私は思った。

　世評には、さしてその実力をうたわれず、然し木谷の挑戦をしりぞけて、二年本因坊を持続しているではないか。彼の実力は、目立たないが、然し、目立つ人々よりも悠々と逞しいのである。それが、このひきしまって鋭く、目の美しい、二十四、五の書生の面影の中に、こもっている。

二時間、たった。二十五手目、本因坊が考えている。呉氏、目をとじ、ウツラ、ウツラしている。目をとじ、からだを左右にゆさぶっているのは呉氏のクセであるが、どうやら本当にねむいらしく、コックリやり、パッと目をあけ、慌てて立ち上る。四五分して、目をパッチリさせて、新しい顔で、もどってきた。

下

横綱前田山、観戦に現れる。前田山、先般、月刊読売誌上に、呉氏に八子で対戦、敗北したが、角界随一の打手の由である。

とたんに、呉氏、キッと首をあげて、

「双葉関は、どうしていますか」

有無を言わさぬ、ノッピキナラヌ語調である。前田山は、クッタクがない。

「今、上京しとります」

「ホテル、ですか」

と、突きこむごとし。

「部屋を建設中で、両国にいます」

前田山の返答はクッタクがないが、とたんに読売の記者の面々、サッと、顔色を失ってしまう。正午から、安田画伯が現れて、スケッチにかかる。両棋士の気魄が鋭くて、胸に食いこんで、苦しい、ともらし、三時ごろ、スケッチを終る。

「六時です。封じ手です」

六時五分、本因坊、紙をうけとり、後方へ横ざまに上体を捩じ倒して、封じ手、六十七手目をかきこむ。これを封筒に収めて、第一日を終った。

本因坊は自宅へ忘れ物をしたので、とりに行きたい、といいだした。本因坊と一緒に入浴中これをきいたか、呉氏が、浴室からでてくると、読売の係りの者に、対局中は旅館から一歩もでてはいけない。それがタテマエでしょう。特にこんな大事な対局ですから、と、言葉はきわめて穏かであるが、奥にこもる気魄と闘志、もの凄まじい。けだし、呉氏がまだ五段のころ、本因坊秀哉名人と何ケ月にわたって骨をけずるような対局をした。そのとき、秀哉名人が封じ手のあと、一門とはかって、次の手を考えて妙手を発見したとやら、風説があるのである。

そんなことがあるから、勝負に必死の呉氏、言葉は静かであるがゆずらない。自動車で家へ戻って、玄関から中へ上らず、忘れ物を受けとって、すぐ戻る、と呉氏が深く信頼している読売の黒白童子を立会人とし、自動車に同行せしめることとして、呉氏承諾。

この車に同車して僕も一応家へ帰る。本因坊に、今日の勝負の感想を問うと、まだ分りません。二日目の午後、三日目の午前中が勝負どころになるでしょうと、答えた。

翌朝八時に、もみじ旅館へ到着すると、ようやく呉氏が起きてきたところだ。食事です、という女中の知らせにも拘らず、食卓へ現れず、しきりに荷物をゴソゴソかきまわしているからさては持参の卵とリンゴを探しているな、と女中が察して、

「卵は半熟が用意してございます。リンゴもおむき致しましょうか」

「ええ、朝はね」

と、うなずいて、食卓についた。ミソ汁と卵とリンゴ、ゴハンは朝はたべない。

今日は階下の奥座敷で対局。呉氏、今日は半袖ワイシャツに白いズボン。昔、金満

家の大邸宅だったというこの旅館の庭は、深い緑が果てもなく、静寂が、目に心にしみてくるのであるが、こう猛暑では、何がさて、あつい。

私も色々の対局を見たが、対局に、こんなに思いやりを寄せる旅館は、初めてだ。ここのマダムが囲碁ファンで、まだ若い美人にも似ず、相当に打つのだそうである。

今日は、立会人のほかは、全然見物なし。

呉氏も今日は、目をパッチリと、ねむそうだった昨日の面影はミジンもない。貧乏ゆすりをしながら、食いこむように、かがみこんで考えている。

本因坊は、まさしく剣客の構えである。眼は、深く、鋭く、全身、まさに完全な正眼だ。

両方で、時々、むずかしい、と呟く。十時にビワがでる。本因坊はアッサリ食べ終り、呉氏はビワと格闘するように食べ終って、ギロリと目玉をむいて、盤を睨む。

国籍異る世界最高、第一人者が名誉をかけて争う国際試合は日本の歴史において、これが最初だ。果して、この歴史的争碁が、いかなる結果に終るであろうか。

（「読売新聞」一九四八年七月八日、九日）

呉清源論

私は呉清源と二度しか会ったことがない。この春、月刊読売にたのまれて、呉清源と五子で対局した。五子は元々ムリなのだが、私も大いに闘志をもやしたせいか、呉氏を攻めて、呉氏の方が私よりも長考するような場面が現れ、こう考えられては、私の勝てる筈はない。アッサリ打棄られたが、私のヘボ碁には出来すぎた碁で、黒白童子や覆面子を感心させ、呉氏もほめていたそうだ。

この時も、然し、私は驚いた。私が呉氏の大石を攻めはじめてからの彼の態度が、真剣で、その闘志や入念さ、棋院の大手合の如くであり、一匹の虫を踏みつぶすにも、虎が全力をつくすが如くである。相手が素人だというような態度はない。その道の鬼、むしろ、勝負の鬼という、一匹の虫を踏みつぶすにも、すさまじい気魄にみちたものであった。

二度目に会ったのも、読売の主催で、本因坊呉清源十番碁の第一局、私は観戦記を書いた。

対局場は小石川のさる旅館だが、両棋士と私は、対局の前夜から、泊りこむことになっていた。

本因坊と私は、予定の時刻に到着したが、呉八段が現れない。呉氏の応援に、ジコーサマが津軽辺から出張して、呉氏の宿に泊りこんだ由であるが、あたり構わぬオットメをやり、音楽、オイノリ、そのうるささに家主が怒って、警察へ訴え、ジコーサマの一行が留置されてしまったのである。呉氏が警察へ出頭してジコーサマ一行を貰い下げた。それがこの日の前夜のことで、一行はネグラを求めて、いずこともなく立ち去った。そのまま、消息が知れないのである。

横浜だのどこだのと読売の記者が諸方へ飛んだが、行方が知れぬ。呉氏応援のため上京というのも名目だけのことで、ジコーサマも、迫害がひどくて、津軽辺の仮神殿にも住めなくなったらしいという話であった。上京の神様一行も、総理大臣、内務大臣、ミコ、総勢五名であり、現在では、それが神様ケンゾクの全部の由、落ちぶれ果てたものらしい。もっとも、計画的に諸所へ散在、潜伏させた信徒の細胞もあるとかの話で、その原因も、食糧難、住宅難などの結果によるらしく、生活危機は人間どもの問題だけではないのである。ジコーサマの生活危機はまさに深刻をきわめているから、神様の生活を実質的に一人の腕で支えている呉氏の立場も一様のものではなく、律義名題の呉氏も、神様のためには、人間の約束を破りかねない危険があった。それで、読売が慌てた。係りの黒白童子の苦悩、一時にやつれ果て、食事も完全に喉を通らず、坐ってもいられず、ウロウロしているばかりであった。

幸い、呉氏は現れた。夜も更けて、十一時半、焼跡の奥のずいぶん淋しい不便な場所だが、どんな乗物を利用してどの道を来たのやら、まさしく風の如くに現れたのである。玄関に当って、ワーとも、キャーともつかないような女中たちの喚声があがる。その喚声を背に負うて、スタスタと座敷へはいってきた呉氏。二間つづきの座敷の入り口で、立ったまま、

「おそくなりました」

と云ったと思うと、うしろから、女中の声で、お風呂がわいております、と云う。それをきくと、ウサギの耳の立つ如く、ピョンとうしろをふりかえって、

「ア、お風呂。そう。ボク、オフロへはいりたい。じゃア、失礼して、オフロへはいってきます」

座敷の入り口から、クルリとふりむいて、お風呂へ行ってしまった。

翌朝、呉氏の起きたのは、おそかった。私たちは、もう食卓についている。最後にやって来て、設けの席へつこうとした呉氏、立ったまま、上から一目自分の食膳を見下して、すぐ女中をふりかえり、

「オミソ汁」

と、ただ一声、きびしく、命令、叱責のような、はげしい声である。あいにく、呉氏の食膳にだけ、まだミソ汁がなかったのだ。

見ると、呉氏は、片手に卵を一つ、片手にはリンゴを一つ、握っている。持参の卵とリンゴとミソ汁だけで食事をすまし、朝だけはゴハンはたべない。

その日は睡眠不足で、対局中、時々コックリ、コックリ、やりだし、ツと立って、三四分して、目をハッキリさせて戻ってきたが、たぶん顔を洗ってきたのだろうと思う。

その翌日も、呉氏はおそくまで睡っていた。そして、もう一同が食事をはじめた頃

になって、ようやく起きて来たが、食卓につこうとせず、ウロウロとあたりを見廻し、やがて自分のヨレヨレのボストンバッグを見つけだして、熱心に中をかき廻している。さすがに敏感な旅館の女中が、それと察して、

「卵は半熟の用意がございます。リンゴも、お持ち致しましょうか」

と云うと、

「ええ、朝はね」

と、うなずいて、すぐ、食卓についた。ようやく睡眠が十分らしく、二日目の対局からは、もう睡そうな目はしなかった。対局は、持時間十三時間ずつ、三日間で打ちきるのである。

三日目の対局が、呉氏一目（乃至二目）勝、という奇妙な結果に終ったのが夕方五時頃であるが、終るやいなや、すぐ立って、食事の用意がすぐ出来ます、記念の会食の用意ができます、と追いかける声を背にききながら、

「ええ、ええ、失礼」

スタスタ、スタスタ、観戦の何十名という人たちが、まだ観戦の雰囲気からさめやらぬうち、アッという間に、真ッ先に居なくなっていた。

まったく、もう、自分一方の流儀のみ、他人の思惑などは顧慮するところがない。将棋の升田八段は、復員服（呉八段は国民服）に兵隊靴、リュックをかついで勝負に上京、傲岸不屈、人を人とも思わぬ升田の我流で押し通しているようであるが、呉清源にくらべると、まだまだ、心構えが及ばぬ。

私は昨年十二月、木村升田三番勝負の第一局の観戦に名古屋へ行った。木村に連勝のあとであり、順位戦に一位となったあとでもあり、木村何者ぞ、升田の心は、いささか軽率であり、思いあがっていた。

対局前夜に、私が相手になったのも悪かったが、彼は酒をのみすぎた。それから私と木村、升田三人で碁をやり、升田は酔いがさめて、睡れなくなり、殆ど、一睡もできなかったらしい。私も一睡もできなかった。酔っ払いは、酔ったら、すぐ、ねるに限る。酔いがさめては、ねむれない。木村は、酒は自分の適量しか飲まず、おそくまでワアワア騒ぐと良く睡れるたちで、自分の流儀通りに、ワアワア碁をやって、良く睡った。そして、翌日の対局は、木村の見事な勝となった。

我々文士でも、その日の調子によって、頭の閃きが違う。然し、文士は、今日は閃きがないから休む、ということが出来るが、碁や将棋は、そうはできぬ。だから、対局の日をコンディションの頂点へ持って行く計画的な心構えが必要な筈であるのに、あの日の升田は、それがなかった。

だから、対局も軽率で、正確、真剣の用意に不足があり、あの対局に限って、良いところは、なかった。この敗局は、彼のために、よい教訓であったと思う。

呉清源には、そのような軽率は、ミジンもない。人の思惑、人のオツキアイなど、全然問題としない。もっとも、神様のオツキアイは、する。然し、これが曲者(くせもの)で、この神様のオツキアイも、呉清源の偉さのせいだと私は思う。

勝負師とか、すべて芸にたずさわる者の心は、悲痛なものだ。他人の批評などは、とるにも足らぬ。われ自らの心に於て、わが力の限界というものと、常に絶体絶命の争いを、つづけざるを得ない。当人が偉いほど、その争いは激しく、その絶望も大きい。

自己の限界、この苦痛にみちた争いは、宗教や迷信の類いに直結し易いものでもあり、その混乱、苦悶のアゲクは、体をなさざる悪アガキの如きものともなり易い。双葉山や呉清源の如き天才がジコーサマに入門するのも、彼らの魂が苦悶にみちた嵐自体であるからで、ジコーサマの滑稽な性格によって、二人の天才を笑うことは当らない。

別して、呉清源は、およそ人の思惑を気にするところがない人物で、わが道を行く、とことんまで、わが道であり、常に勝負は必死であり、一匹の虫を踏みつぶすにも必死であり、その激しさが、自己の限界というものと争う苦痛に直面した場合の厳しさは、言語を絶するものがある筈である。この男には、およそ、人間の甘さはない。芸道の激しさ、必死の一念のみが全部なのである。

対局、第一日目が終ったあとであった。本因坊が何を忘れてきたのだか知らないが、とにかく家に忘れ物をしてきたから、取ってきたいと言う。本因坊と呉清源とは一緒に風呂へはいったが、その風呂の中で、本因坊が呉氏にこのことをもらしたらしい。

風呂をでてくると、呉氏は読売の係りの者をよんで、争碁というものは打ちあげるまでカンヅメ生活をするのが昔からのシキタリであり、特に今回の手合は大切な手合なのだから、カンヅメの棋士がシキタリを破って外出するのは法に外れたことではありませんか、と、言葉は穏かだが、諄々（じゅんじゅん）と理詰めに説き迫ってくる気魄の激しさ、尋常なものではない。

蓋（けだ）し、十数年前のことだが、呉氏がまだ五段の当時、時の名人、本因坊秀哉（しゅうさい）と、呉氏先番の対局をやった。この持時間、二十四時間だか六時間だか、とにかく、時間制始まって以来異例の対局で、何ヶ月かにわたって、骨をけずるような争碁を打ったことがある。

この時は、打ちかけを、一週間とか二週間休養の後、また打ちつぐという長日月の対局だから、カンヅメ生活というワケにも行かない。

呉氏良しという局面であったが、この時、秀哉名人が、一門の者を集めて、打ち掛けの次の打ち手を研究し、結局、前田六段が妙手を発見し、このお蔭で、黒の良かった碁がひっくりかえって、負けとなった。こういう風聞が行われているのである。

だから、呉氏は、岩本本因坊の外出に断々乎として非理を説いて、ゆずらない。結局、呉氏の信頼する黒白童子が本因坊につきそって一緒に自動車で行き、本因坊は自宅の玄関で忘れ物を受けとって直ちに引返してくる、という約束で、ようやく呉氏の承諾を得た。

このような勝負への真剣さ、必死の構えは呉氏の身に即したもので、人間の情緒的なものが、まじる余地がないのである。

呉清源は、勝負をすてるということがない。最後のトコトンまで、勝負に、くいついて、はなれない。この対局の第一日目、第二日目、いずれも先番の本因坊に有利というのが専門家の評で、第一局は本因坊の勝というのが、すでに絶対のように思われていた。三日目の午前中まで、まだ、そうだったが、呉氏はあくまで勝負をすてず、本因坊がジリジリと悪手をうって、最後の数時間のうちに、自滅してしまったのである。

もとより、勝負師は誰しも勝負に執着するのが当然だが、呉氏の場合は情緒的なものがないから、その執着には、いつも充足した逞(たくま)しさがある。坂田七段は呉清源に気分的に敗北し、勝っている碁を、気分によって自滅している。呉清源には、気分や情緒の気おくれがない。自滅するということがない。

将棋の升田は勝負の鬼と云われても、やっぱり自滅する脆(もろ)さがある。人間的であり、情緒的なものがある。大豪木村前名人ですら、屡々(しばしば)自滅するのである。木村の如き鬼ですら、気分的に自滅する脆さがあるのだ。

それらの日本的な勝負の鬼どもに比べて、なんとまア呉清源は、完全なる鬼であり、そして、完全に人間ではないことよ。それは、もう、勝負するための機械の如き冷たさが全てであり、機械の正確さと、又、無限軌道の無限に進むが如き執念の迫力が全てなのである。彼の勝負にこもる非人間性と、非人情の執念に、日本の鬼どもが、みんな自滅してしまうのである。

この対局のあと、酒にほろ酔いの本因坊が私に言った。

「呉さんの手は、当り前の手ばかりです。気分的な妙手らしい手や、シャレたような手は打ちません。ただ、正確で、当り前なんです」

本因坊が、現に、日本の碁打ちとしては、最も地味な、当り前な、正確な手を打つ人なのであるが、呉清源に比べると、気分的、情緒的、浪漫的であり、結局、呉清源の勝負にこもる非人間性、非人情の正確さに、くいこまれてしまうらしい。

結局は、呉清源の勝負にこもる非人間性、これが克服すべき問題なのだ。坂田七段の場合にしても、本因坊の第一局にしても、勝っていた碁が、結局、呉清源の非人間性に対して、彼らの人間の甘さが、圧迫され、自滅せしめられているのである。

中国と日本の性格の相違であろうか。そうではなかろう。織田信長などは、呉清源的な非人間性によって大成した大将だった。結局、この非人間性が、勝負師の天分というのかも知れない。それだけに、彼らの魂は、勝負の鬼の魂であり、人間的な甘さの中で休養をとり、まぎらす余地がないのである。家庭的な甘い安住、女房、子供への人情などで、その魂をまぎらす余地がないのだ。

しかも、彼らほどの鬼の心、勝負にこもる非人間性をもってしても、自己の力の限界、自己の限界、このことに就てのみは、機械の如く、鬼の如く、非人間的に処理けできない。否、その自らの内奥に於て、最大の振幅に於て、苦闘、混乱せざるを得ないのである。むしろ彼らの魂が完全な鬼の魂であるために、内奥の苦闘は、ただ、永遠の嵐自体に外ならない。

呉清源がジコーサマに入門せざるを得なかったのも、天才の悲劇的な宿命であっただろうと私は思う。

（『文學界』一九四八年十月）

私の碁

塩入三段と岩谷社長とフラリときて挑戦するのを迎えうって、僕が塩入三段に勝った。これを雑誌にのせるという、まことに醜態で、恥を天下にさらす、あさましい話である。

私があんまり布石にヘタクソで、二十目ちかいダンゴ石が出来上った始末だから、塩入三段も驚いた様子で、あんまり勝っちゃ気の毒だと気を許したところをツケこんで向う脛を払ったような碁だから、私はもとより勝った気はしていないのである。

今度やっては、もはや五目じゃ、とても勝てないだろう。私は専門棋士とやると、たいがい第一局は勝つことになっている。

つまり私の布石がデタラメで、序盤にトンマな石ばかり打つから、みんな気の毒がって気をゆるめる。すると唐突に向う脛を蹴とばす。いつも、たいがいそのデンで、第一局をモノにする。第二局から碁の性格を見破られるから、気の毒がったり気をゆるめてくれなくなり、私は結局、もう一目、よけい置かないと勝負にならない結末となる習いなのである。

私も七八年前は然るべき先生に教えてもらったこともあるのだけれども、戦争中の約三年間、ほかにすることがなくなって、毎日碁会所へ入りびたり、僕のすむ蒲田というところは乱戦の勇士ぞろいの行儀の悪い力持ちの碁打ちばかりそろったところで、軍需会社の職工に一級二級ぐらいの打ち手は相当いるが、腕ッ節専門の立廻り派ばかり、そういう人々と三年間立廻りに耽(ふけ)っていたから、僕はもう布石も序盤もない。人の石を殺しに行くことしか知らない行儀の悪い碁になってしまった。むかしは、もうチョット、上品であった。

僕はこの春、文人囲碁で一日碁を打ったことがあるほかにはこのまる一年半、ゆっくりした気持ちで石を握ったことはないのである。

尤(もっと)もこの春ひどく疲れて豊島与志雄さんを訪ねて十番碁をやり常先に打ちこまれ、国府津(こうづ)で泥酔して尾崎一雄とやって互先に打ちこまれ、勝ったのは村松梢風さんにだけ。全然意気があがらなくなってしまった。

むかしは碁の素性もいくらか良かったけれども、腕ッ節もたしかにもっと強かった筈で、ちかごろの弱腕、まことに残念千万である。時々、頭を休める一二時間に碁石を握れるような環境があるといいが、ともかく、ボツボツ暇々に練習をつんで、もうチョット恥をかかずにすむような碁力を養いたいと思っている。

(『囲碁春秋』一九四八年十二月)

碁にも名人戦つくれ

十何年前のことだが本因坊秀哉名人と呉清源（当時五段ぐらいだったと思う）が争碁を打ったころは碁の人気は頂点だった。当時の将棋は木村と金子が争っていたが、人気はなかった。近ごろの将棋名人戦のすごい人気に比べて碁の方は忘れ去られた淋しさである。

将棋の人気はいうまでもなく実力第一人者を争う名人戦の人気である。昨日の名人もひとたび棋力衰えるや平八段となり時にBC級へ落ちることもなきにしもあらずである。実力だけで争う勝負というものは残酷きわまるものである。その激しさ、必死の力闘が人気を生むのである。

碁の本因坊戦ときてはたかが一家名をつぐだけのことにすぎない。今日の新時代では法律的にすら家名が失われているのに本因坊という一家名を争うことがすでにコッケイであり、事実においてその試合内容も棋院大手合を第一義に、ただ二義的な花相撲的な空虚な景気をあおっているにすぎない。生死を賭した力闘は見られないのである。

碁も名人戦をやらねばならぬ。実力第一人者を争うギリギリの勝負でなければ決して天下の人気をわかすことはできない。伝えきくところによれば目下の棋士の力では名人戦を争うと結局名人位が呉八段に行く、つまり中国へ持って行かれてしまう、それを怖れているのだという巷説であるが、こんなバカな話はない。

今日の日本に於てはチェスに於て、またあらゆる外国種のスポーツに於て、各々の日本の選手たちは世界の選手権をめざして精進しているのである。碁の選手権が中国へ持って行かれるそのことだけでも、すでに碁の世界化、世界的進出を意味する慶賀すべきことではないか。誰が日本の国技ときめたわけでもないのに小さなカラにとじこもって日本人だけで一家ダンラン、あげくは一家名の争いという花相撲でお茶をにごして世間に通用させようという。ダメですよ、世間が通用させてくれません。実質がなければ人気はでない。大衆は正直なものだ。プロ野球に人気がでたのも実力が向上し、監督がブン殴り合ったりするほど試合というものに精魂をこめ選手権をめざして必死の力闘をするからである。名人位がどこの国へ持って行かれようと真に実力ある者が名人になるのは当然で文句のあるべき筋はなく、かくの如くに真の実力を争うことによって大衆はその力闘にカッサイを惜しまないものである。

呉清源を加えて名人位を争うのでなければ碁は世間の片隅の幇間（ほうかん）的存在として危く寄生するような存在となるだけのことであろう。

（「毎日新聞（大阪版）」一九四九年五月二十九日）

囲碁・人生・神様

呉清源　豊島与志雄　川端康成　火野葦平　坂口安吾

中国の碁

記者　きょうは人生の話でも碁の話でも、何でもいいから、ひとつ……。
坂口　飲まなくちゃ。やっぱり……。
豊島　ああいう中毒患者がいるからな。
坂口　いや、僕は酒の中毒じゃないんだから、酒はいいんだよ。
川端　アドルムをどのくらいのんだの。
坂口　一日に五十錠。
豊島　五十錠？　それじゃ中毒する筈だ。

川端　じゃ致死量でしょう。

坂口　一度にのむんじゃないですよ。十錠のむんです、酒と一緒にね。ところが、あいつをのむと、すぐ睡れるんだけれども、一時間ぐらい経つと眼が覚める。また十錠のむ。一時間置きぐらいにのんで、結局、五十錠のむんですよ。

川端　僕なんかだったら、すぐ死んじゃいますね。身体のナニが違うんだな。

豊島　それは川端君、君は酒飲まないからだよ。

川端　酒飲んだほうが効くんでしょう。

豊島　酒飲む人には麻酔剤の注射が効かないんだ。だから、お医者さんが手術の前にきっと訊くね、酒飲みますかって。

坂口　飲んべえは麻酔が効かない。全然効かないな。

豊島　僕は十二指腸潰瘍をやった時に、三度目の注射でやっと効いたんだ。それも強いのを注射してね。

坂口　ナルコポン？

豊島　いや、パントポンとスコポラミン、パンスコさ。あれが効かないんだ。三度目だったな。――

坂口　呉さんはいくつから碁をおやりになったんですか。

呉　私は八つか九つ頃です。母から碁譜を並べさせられました。

坂口　日本の碁譜ですか。

呉　ほとんど日本のです。

火野　中国のほうにはチャンとした碁譜はないんですか。

呉　清初の碁譜は大分あります。でも、やっぱり時代に向かないですね。

坂口　それは何段ぐらいの人のです。

呉　いろいろ説はありますがね、加藤先生なんかは黄月天（コーゲッテン）の碁はお好きですね。加藤八段は、あれは高段の碁だと言われて……。

豊島　そうすると、日本流に打つのは、中国ではいつ頃から。

呉　やはり民国になってからですね。

川端　前の本因坊、秀哉ですね、あの人が言ってましたけどね、今の中国の碁打ちの実力は、日本の素人の……。

呉　はい。素人の一流ですね。

豊島　昔の中国式の白黒四目置いて、それから打ち出すというのは、作戦が非常に狭くなるでしょうね。

呉　そうです。碁の型が決ってね。星ばっかりですから。

豊島　ああ、そうだ。星四つ打ってあるわけだから。

呉　ええ、ほかのものがなくなっちゃうわけです。

火野　狭いんですな。

呉　ええ、狭いですね。――今の中国の碁打ちは、最も盛んの時代よりは力が弱いんです。

火野　いま中国では昔流の置いて打つというのはなくなりましたか。

呉　いや、あります。向うじゃそれが多いんです。ただ大都会、北京とか上海とか、今まで日本の人がよく行ってた所は日本式です。

火野　流儀が違っても出来るんですか。

呉　出来ます。置くのを抜けば同じわけですから。

火野　同じだけど、それやってると不便で、結局弱いでしょう。

呉　慣れないからね。

坂口　呉さんが前の本因坊とやった時に天元へ打ちましたね？

呉　え、打ちました。

坂口　僕はあれを訊いてみたいと思っていたんだ。素人が考えても、天元へ打つのは損じゃないかね、あれ。

豊島　損じゃない。

坂口　隅へ打つのと天元へ打つのと、今どう思ってます、呉さんは。

呉　天元は勢力の中心点でね。

火野　損があれば得があるんだよ。

坂口　そうなんだ。

呉　ただ、あとの運用の仕方がむずかしいんです。隅でしたら割りに見当がつきますから。ですから、研究の点からいうと、天元は非常に研究しにくいんです。先を確実にもっとハッキリ優勢を保ってゆくのには、隅へ打ったほうが楽なんです。それだから天元へ打ったのがいいか、隅へ打ったのがいいか、遽かには断定しにくいんです。

豊島　僕はむかし十一谷義三郎が生きてた頃よく打ってたんだ。互先なんだ。それで僕は黒持つ時に必ず天元へ打ったら、厭な顔しやがってね。

火野　本因坊と打たれた時に、あなたが天元へ打ったら、本因坊が顔色を変えたという話ですね。

呉　さあ、私、気がつきませんでした。

火野　やっぱり無礼だという感じがしたんじゃないでしょうかね。

川端　いや、しかしあの人はなかなか顔色を変えない人だからね。木谷さんと最後にやった時にも怒ったらしいですよ、ずいぶん。その時も顔色はちっとも変らなかったですからね。あとで怒って、これでおしまいです、なんて言ったらしいですね。あの封じ手の問題の手を打った時に、ね。

呉　そこは封じ手という約束なんだから仕様がない。そこを封じたんだから。

坂口　いや、そういう場合じゃなしにさ、天元へ打つということは……。

豊島　ああ、天元は構わんさ。

呉　どこへ打っちゃいかんということはないんですから。天元だって立派な一手ですからね。

坂口　僕も先持ったら天元へ打ちたいね。

豊島　お互いに打とうか。（笑声）黒を持ったら天元へ打つことにしよう。

呉　ただ昔の習慣は、上手（うわて）のほうが非常に有利なんです。上手のほうが、きょうはここでやめる、といって、黒が打った時にやめる習慣なんです。八時間考えてから、きょうは打ちたくないって、やめた例があるんです。必ず黒が打って止めたものです。

坂口　黒の封じ手ですか。

呉　いえ、黒が打って白が封じ手。白は自分が打ちたくなかったら、やめて帰るんです。相手が打ってから帰って、いくら研究してもいいわけなんだ。しかし碁盤上のことはどこまでも公平でなけりゃいけない。上手だから勝手にしていいということはないです。時間制限とか、そういうことはどこまでも公平でなきゃいけない。それでそういう習慣をやめて、昭和になってから封じ手などの制度が出来たんです。

豊島　専門棋士が打ってる時に、呉さんも仰しゃるけど、「むずかしい、判らん、判らん」て言いながら打ってますね。あれ、口癖ですか。ほんとに判らんのですか。

（笑声）

呉　やっぱり判らん所があるから判らんと言うのでしょう。

豊島　ほんとうに判らんのかな。

呉　むずかしい所になって来ると、自然に出て来るんですね。夢中になるわけですから癖が出るんでしょう。

豊島　そうすると、あれは自然の声ですね。

呉　ええ、やっぱり苦しいから、そこで声になって出るわけでしょう。やさしくて判り切った所なら、別に声に出さんでしょう。

坂口　しかし定石というものは短か過ぎますね。隅なら隅にきまりきってるでしょう。もっと広くなるべきものじゃないかと思うんだな、僕は。

呉　結局は、碁の定石というのは無理なんですよ。なぜかというと、厳密にいうとれ、定石と布石を切離すものではないんです。この定石はこの一隅だけということはない。みな関聯してるものですから、切離すのは無理なんです。

坂口　そう、そう。だから、中盤くらいまでは一つの定石として棋士なんかはやるべきものじゃないでしょうか。何百通りあるか知らんけどね。

呉　専門家の研究は一隅でなく全面的なんです。しかし、それでは素人がちょっと困るんです。

坂口　ええ、素人には困りますよ。

呉　あんまり広過ぎて頭へ入りきらないから、ああいう定石の道をつけてやるんです。専門家は場合によっては定石にない手も打つし、損の定石もあるし、得の定石もあるんです。

豊島　呉さんの打ち碁を見てると、全盤の構想力なんだ。呉さんの構想は盤面全部でね。そこにとんでもないものがあるんだ。

坂口　しかし、ふだんから、こう来たらこう打つという用意はしておくべきじゃないですか。

呉　そうなんです。してあるんですが。……碁は広いものなんです。八手でも十手でもゆくと同じ碁がないんですね。

豊島　われわれが専門家と打って、勝ってる碁を敗けるのは、みんな劫で敗けちゃうんだ。あの劫というのは大変なものですね。

呉　変化しますからね。

坂口　専門家と僕らがやった場合は、ちょっと意地の悪い手を打たれるともうダメですよ。

豊島　そうなんだけれども、一番悪いのが劫なんだよ。碁の劫っていうのは、何かおかしなものだね。

呉　変化性が富んでる。

坂口　何かヘンな所へつけて来たりしてね。そうなるとこっちはもうムシャクシャしちゃうんだ。

豊島　劫を封じたら、われわれだって相当打てるよ。（笑声）

呉　劫と隅がややこしいですね。死に活きが特殊の関係が多いから。

坂口　呉さんはどのくらいの速力で強くなったんですか、一ヶ年に。

呉　一定しないですな。止る時と、何かの具合で急にゆく時とあるんです。

川端　いつ頃、急に強くなったという気がしますか。

呉　日本へ来て暫くして四段になった時は、ちょっと強くなったような気がしたです。来た当時の三段の時の碁を見ると、ずいぶんゴツゴツしてますね。まあ、運がよかったから、割りにいい成績がとれたんですけれども。

豊島　やっぱり強敵があると強くなるでしょうね。

呉　ええ、標準が……。

川端　今まで誰が一番強いとお思いになりましたか。

呉　今ではやっぱり藤沢さんが一番でしょう。

記者　坂田さんはどうでしょう。

呉　やっぱり藤沢さんよりはちょっとぐらい弟ですか。

専門家と素人

記者　話は違いますけど、今夜は文壇碁客の錚々たる方々がおられ、しかし殆ど差がないのですけど、ツーッと出てゆくという人がないです。それは研究が足りないからですか。

呉　専門家は六つか七つの頃から専門にやろうとしてるんです。毎日、まあ学校へはゆきますけれども、学校のことは中心じゃなくて、暇があったら碁ばかり考えてる。ですから憶えるんですね。やっぱり記憶ですね。真剣に憶えるんです。素人はそれだけ真剣でない。遊びです。打込んでる時間が少いから。

川端　記憶力か推理力か。これはなかなか問題なんだけれども。

呉　一番大切なのは年ですね。六つか七つの頃は頭の中に何もないでしょう。その時に碁だけ考えるんです。二十代になると、いろんなことを考えるし、素人の方はほかに専門を持ってるから、頭の中は碁のことより他の要素が多いわけですからね。

坂口　記憶から今度は独創に入ってゆく時期があるでしょう。呉さんはいくつぐらいから独創に入っていったんですか。
呉　初めは昔の秀策だとか秀栄だとか、そういう人の碁譜が好きで研究しましたけれども、大体、五段になってから……。
坂口　やっぱり高段になってからだな。
川端　呉さんは秀栄が好きなんですか、昔の人では。
呉　黒の打ち方は秀策が好きですね。白の打ち方は秀栄です。
豊島　秀栄っていうのは、みんな褒めますね。偉かったんですね。
呉　ええ、偉かったんです。
坂口　秀哉とはどうです。比べてみて。
呉　私は秀哉名人の碁譜はあんまり知らないんです。なぜかっていうと、秀哉名人の打った碁譜というものは、あとで弟子によって編纂されたけれども、それまではあまり出ておりませんしね。――やっぱり白の打ち方であろうと思います。白を持つ機会が多かったから。

敗けた時の気持

坂口　俺は呉さんの敗けたときを見たことがない。
呉　あります。
豊島　敗けたことはあるよ。
坂口　そういう時、どういう気もちですか。
呉　いや、敗けるのは、これ、やっぱり一つの因縁というふうに見るんですな。そのことが中ってるかどうかは別ですよ。しかし敗ける時には気もちが暗くなりがちなんです。ですから、それは因縁と考えて、あとに長く考えない、頭へ入れとかんようにします。霊の負担にならないように……。つまり心の負担になると損だから、なるべく早く忘れちゃう。それが霊の裕福な暮しが出来ることで、そのほうが楽だから……。
坂口　それはまあ当然だな、僕はその敗ける暗さっていうものを、呉さんからハッキリ知りたいな。呉さんは中押し敗けということは滅多にないですね。
呉　少いんです。どういうわけだか、私は敗ける時は三目が多いんです。今度の本因坊十番も二回敗けて、これも三目。木谷さんとの時も三目の敗け。前田さんに敗けた時も三目。

豊島　呉さんだって中押し敗けというのはあるよ。

呉　ですけれども、三目が多いんです。別に中押しで敗けるのは厭だということもないんですがね。（笑声）

坂口　しかし三目敗けというと、大体初めから判ってますね。

呉　いや、なかなか判ってない。

川端　いつか木谷さんが、自分は足りないと思いながら打つ性格だって言ってましたね。呉さんはどっちかというと、足りる、足りると思うほうでしょう。

呉　ええ、ええ、そのほうです。

坂口　性格によるね。

川端　素人だってそうですよ。自分はいつもいいと思って打つ人と……。

豊島　それは素人はそうだけどね、専門棋士には、自分が悪いと思うのはないんじゃないかな。

川端　僕はいつも悪いと思って打ってるんです。

豊島　僕はいつもいいと思ってて敗けちゃうんだ。

坂口　いや、豊島さんのは勘定する暇もないじゃないか。ポンポン打っちゃって。

豊島　いいと思ってると、いつの間にか敗けてるんでおかしいんだよ。相手がインチキして勝ったんじゃないかと思うよ。（笑声）だけども、専門棋士にもあるのかね、悲観主義と楽観主義とが。

坂口　そう。それはあるな。

豊島　確かにあるよ。足らん主義と足りる主義とあるんだな。

坂口　勝負の点じゃ、どっちがいいか判らんけれども、人間はそのほうが得ですね。

呉　（笑声）初めから足らんと思っていたら、焦り過ぎて敗けてしまう、ということもあるでしょう。

豊島　人生は楽観主義でゆこう。

川端　豊島さんはあんまり楽観主義でもないですよ。（笑声）

坂口　呉さんは勘というものを排撃してるね。そこがいいんだな。呉さんは勘をどう考えてるの。

呉　碁を打ちますね、誰でも勘というものはあるわけです。

坂口　それはある。それに何か裏付けがあるかしら。

呉　打つ手が幾つかあるでしょう、それを検討しますね。その時に二度往復する人もあるし、三度往復する人もあるし、一度で往復する人もあるし、そこがむずかしい所ですね。

坂口　しかし、こういう場合もあると思うんだよ。呉さんが例えば木谷と打つでしょう。木谷という人間の性格をあなたは知ってるわけだ。あなたがこう打てば木谷はこう打つ。そういうことを考えて……。

豊島　もっと絶対的なものだろう。その人のことは考えないだろう。

呉　碁そのものをどう打ったらいいということは考えますけれども、人の碁風は考えないんです。

豊島　相手がどうというのじゃなくて、客観的な、もっと絶対的の立場だろう。

坂口　しかし相手によって打ち方を考えることは多いね。

豊島　それはわれわれの碁だよ。

川端　そういうことが意識的な人と、そうでない人と、あるんじゃないでしょうか。

坂口　専門家にもあると思うな。

豊島　いや、そうじゃない。そういうことを言うなら、君はやっぱり碁は弱いね。

（笑声）

坂口　呉清源よりは弱いけどね。（笑声）

火野　やっぱり相手の棋風を考えるということはあるんじゃないかな。それは僕はあると思う。

呉　ええ。どっちがいいかは判りませんけれども。

豊島　一流の碁打ちになったら、そういうことはないだろう。

坂口　それはむずかしい問題ですよ。

火野　一流になればなるほど、考えるだろうと思うな。剣術なんて殊にそうだろうと思うね。いろいろ流儀があるんだから。

豊島　それは吉川英治の「宮本武蔵」くらいのものでね。ほんとうの剣客になったら、そういうことはないと思うな。

坂口　相手の棋風を考えることと、絶対の手と……。むずかしい問題ですよ。

川端　やっぱり相手の棋風と絡み合うんだから。

火野　それは僕は絶対に考えると思うな。

呉　十番碁を打つとなれば、その人の碁譜をどうしても調べるということはあるでしょう。

坂口　あなたは調べる？

呉　私、調べないんです。岩本先生と打つから岩本先生の碁譜を見るというんじゃない。ただ碁そのもののことを研究するんです。相手が誰に拘らず研究するんです。そのほうが時間的に得ですから。ええ。碁そのものの研究をしておけば、相手が誰であろうと同じことですから。

坂口　しかし将棋だと、八段、七段になると、相手の棋風でやってるな。みんなそうなんだ。見てると完全にそうだもの。

火野　読み切れんけど、相手があれだから、ひとつやったろか、という調子でね。

坂口　木村、塚田の名人戦を見てても、そうだな。塚田はこういう棋風だから、それに乗っちゃいけない、なんて考えるんだ。

豊島　それが碁と将棋の違いじゃないかな。

火野　いや、それを考えるから面白いんだ。性格が出るからね。

豊島　将棋にはあっても碁にはないね。

坂口　そうじゃないよ。碁なんて一番性格が出て来るものだからね。性格に対応して打つよ。

呉　人によると思います。

呉清源と神様

川端　呉さんは運だとか因縁だとかいうことを、よく考えるんだな。

呉　私は運というものは絶対あると思うんです。それを否定することないと思うんです。つまり、勝ったということは運がよくて神仏のお助けを戴いたということで、それでいいんじゃないかと思うんです。それならば自惚れることもなくなってね。

川端　お助け戴くには、助けてくれるものがなくちゃいけないでしょう。

呉　無形の神仏。

川端　呉清源の神様が僕には判らないんですよ。

坂口　呉さんは碁の最中に神様のことなんか考えますか。

呉　考えない。――考えないです。

坂口　全然？

呉　ええ。

坂口　何か。精神力とか、そういうものも考えないですか。

呉　考えませんね。

坂口　ただ碁だけ？

呉　碁の時には碁のほうで夢中になりますからね。

坂口　僕らのほうの文学ですと、男女関係とか家庭とかいうものが、直接非常に関係があるんですが、碁の場合、そういうものとの関係はどうですか。

呉　あると思いますね。つまり、その人の心の持ち方、気分ですね、心がふだんのままであれば……。八割、九割はその人の技倆によるでしょうけれども。

坂口　それはそうだろうな。

呉　それで出来るだけふだんの気分で、なるべくそのことを気にしないように……。

豊島　それは忘れりゃいいわけだ。いいわけだけれども……。勝負となれば、ほかのことを忘れりゃ勝つよ。忘れるのが心境を澄ますことだよ。

坂口　宗教的な遍歴そういうものと碁とは関係があるものですか。

呉　直接には関係ないと思いますが、間接的には、それは碁だけでなくて、すべてあると思います。私は大切な勝負の時に宗教関係でナニしたことが、よくありました。今度だけでなく、前に雁金先生と、これは私が生涯を通じて最も責任の重大なことでした。なぜかっていうと、雁金先生が棋院に申込んで来たんです。それで私が棋院代表でやったんですからね。責任が大きかった、うん。たしか、その第五回でした。私が紅卍のことで北支、満洲へ二ヶ月旅行して来て、帰って二日目くらいで、すぐやることになりました。雁金先生のほうは二ヶ月間充分休養をとっておられる。私のほうは旅行して帰って、すぐやりましたけれども、私、仕合せしました。ですから、前に充分休んだから必ず勝つとも決らないいんですね。木谷さんとの時も非常に不利な立場であって白でしたけれども、勝負の上では勝ってます。岩本本因坊先生ともそうなんです。前の晩に璽光さんとあっちこっち歩いて……。大事件があってね。

豊島　ああ、大変でしたね。

呉　考えてみれば非常に不利だったんです。

川端　呉さんは日本の仏教各派、神道各派、ずいぶん研究されたようですね。

呉　宗教的の本を読むことが好きだったんです。

川端　黒住教なんかも研究されてましたね。それにしては、璽光様を信心したのは、ちょっと不思議な感じがしたんですがね。

呉　やっぱり自分の霊の縁ですから。

川端　今でもやっぱり神について考えてるでしょう。

呉　そう。人間の道は根本を霊に置かなければならない。霊は不滅です。

川端　霊の不滅ということは、どういうことを拠り所にしますか。目下の所では。

呉　ちいさい時から霊的のものを見てますから。一等初めは父は道教の坐禅をやってまして、親戚の所に呂祖様という、仏教でいえば観音様というような、非常に偉い人を祀ってありました。呂祖壇というのがありまして、御信心してるんですな。それで父が亡くなって、子供の時に霊があるということが頭に入ってるんですね。人間が死んでも霊は不滅である、そう信じてるわけです。霊は不滅であるから、この世は霊の修練の道場。そうすると、この世でやった善悪の困果応報ですね、これを信ずるわけです。そのプラス、マイナスによって霊の向上、下落というものがある……。

坂口　呉さんの場合は、そういう行き方と碁打ちとしての行き方と、どっちが主なんですか。

呉　そっちのほうが主ですね。

坂口　そっちって、神様のほうですか。
呉　霊のほう。
川端　修練だな。
呉　われわれの環境は霊の練成の道場ですから。
豊島　呉さん、呂祖さんの伝記はないんですか。
呉　あります。私は呂祖全書を神田の本屋で手に入れて、大切にしてたんですけれども戦災で焼けました。二十八冊でした。
豊島　二十八冊も？　呉さんが焼いたのは惜しいですね。この機会に文藝春秋の誌上を利用させてもらうけど、呂祖全集を持ってる人があったら、ぜひ知らせていただきたいな。呉さんか僕が必ず買いますから。——僕は欲しくって仕様がないんだ。

璽光尊と霊

川端　呉さん、あなたは璽光さんを離れたでしょう、それで今は神様のことをどう考えてるんですか。

呉　神様というものは、釈迦牟尼光尊から離れたからどうということはなくて、人の心は、仮りに掌を合せて拝んでいなくたって、無信仰というものじゃないから……。

川端　そこがやっぱり違うな。

豊島　僕は呉さんの神様は芸道の信仰だと思うんだ。

呉　富士山に登るのにいろいろ道があるでしょう。大宮口もあれば、御殿場口もある。脚の健全な人はどの道がいいとか、その人の住んでいる場所によって、この道のほうが近いとか、いろいろありますね。だから、修業の仕方も仏教による人もあるし、キリスト教による人もあるでしょう。しかし結論はどれも大体同じです。キリスト教では博愛の精神というし、仏教は慈悲というでしょう。儒教じゃ仁というけれども、みんな同じでね、神罰とか、仏罰で地獄へゆくとか、キリスト教のほうでは最後の裁判を受けるというでしょう、現わし方はいろいろでも、結論は善因善果、悪因悪果ですね。

豊島　東洋全部がそうですね。中国の民話を見てもすぐ判る通り、民衆の思想なんだ。感覚だね。ハッキリした思想的な体系を持ってるわけじゃなくて、感覚的な東洋思想というものがあるんだ。これは民衆の智慧だよ。それはあるよ。

坂口　しかし、そういうものに対する反逆もあるからね。僕なんか小説書いてると、やっぱり善人に勝たせたくないような気もちも出て来るからね。（笑声）

豊島　それは坂口君がいくら反逆したっていいけどね、そういうものもあるんだよ。

川端　じゃ、呉さんは死後の世界を信じるわけですか。

呉　ええ、信じるわけです。

坂口　それで生れ変る？

呉　生れ変りもするんです。よく話がありますね、親がちいさい子供を残して死ぬ。そうすると、その親は子供が気になるから、霊はいつも子供の所へ残る。科学者が一つの研究を未完成で死んじゃう。そうすると霊がそれを気にして、その研究を引継いでやってる人の所へ、その人は判らんけれども、憑り移って、有形無形に助ける。われわれ、碁を打つ人にも、われわれは知らないけれども、昔の名人だとか、いろいろ影響を受ける。仮りに私が秀栄先生の碁譜が非常に好きだとすると、秀栄先生の霊が通じやすいわけですね。恐らく彫刻師にしても、音楽師にしてもみんなそれはあると思うんですね。類によって集まるということは、真理の一つだろうと思うんです。

記者　それじゃ、このへんで……。

（『文藝春秋』一九四九年七月）

呉・藤沢十番碁を語る

加藤信　木村義雄　坂口安吾

本社　木村さんは呉清源と藤沢は戦わなければいかん、それも今打たなければいかんということを前からしきりに主張されていたが……。

木村　強いものの健在なうちに後進のものがぶつかって行く機会を得なければいけないというのが僕の考え方だし、それをまた強いものが常に受けて、できるだけやらなければいけないという考えをもっている。今のところ未知数なのは呉さんと藤沢さんだけだろう。だからこういう機会にやらなければいけない。人間生身のからだだからね。やっぱりできるときにやっておかなければホゾをかむおそれがある。やる人はずいぶん辛かろう、だけどわれわれ囲碁ファンが辛いだろうなと思う事でなければまた面白くないものね。対局者の辛いことは愛好者が喜び、愛好者の喜ぶことは対局者が辛いのはきまっているよ。しかしその道に入った以上はこれはやらなければいけないと思う。

加藤　九段の対局ははじめてですよ。昔は八段の上は名人で一人だった。九段同士でやるというのはなかった。それに元来争碁は打ち込みのものですよ、これでなければつまりませんよ。

本社　呉さんと藤沢さんの棋風を比較するとどうですか。

加藤　呉さんは天才型ですね。よくいえば変通自在ですね。それから藤沢君の方は押しの強い碁です。重厚味をもっている。その反面凝っては思案にあたわずということがある。あまり一つところに集中するとアマされる懸念がある。しかし重厚が物をいってくるとすごいんです。呉さんの黒番といえどもわからない。しかも呉さんは海千山千ですからね。変通自在のところがある。勝負は白で先に勝った方が有利に展開する。白で二番勝てばこれが致命的になる、十番碁ではね。

本社　藤沢さんの黒番は無敵といわれたが。

加藤　藤沢君が前に呉さんとやった十番碁のときは割合に保守的の碁だった。先番を堅く打った、黒を持つとなかなか強くて負けない、近ごろは棋風がちょっと変って積極性を帯びてきた。

本社　木村さん、藤沢・呉清源の前の十番碁は四対六で呉さんが負け越している。その時の手合は定先だけれども、負け越しているということは精神的に負担になりますか。

木村　心理的に影響はあるでしょうが、定先と互先とでは違う。

坂口　黒が勝つのが碁の原則でしょう、白の時は碁を広く打つというが僕はそんなことはないと思う。碁は合理的には黒が勝つ。ただ相手が間違ったり、知らなかった時に力の差ができるだけで、白の碁の打ち方というものはないと思う。

木村　勝負はどちらかの誤りで勝負がつくものです。

加藤　勝とうという気があってはいけない。ただ全力を傾倒するだけです。藤沢君も勝とうという気があってはいけない。

木村　それは修養から得た自覚ですよ。はたで言っても盤面に向うとそうはいかない。勝とうと思っても勝てない。それなら負けない手を打てば負けないかというとそうもいかない。結局勝つ手を知っていると同時に負けない手を知らなければ勝てない。

坂口　対局中一番疲れた時ちょっと寝ると能率があがると思うがね。

木村　そうはいかないね。禅の悟道にでも達していれば寝られるかも知れないけれど、持時間は迫るし、寝そこなったら損しちゃうからね。（笑声）

本社　坂口さん、呉、藤沢両氏の風貌からの感想は。

坂口　どちらも立派ですね。ただ今度の場合呉さんは身軽ですが、藤沢さんは日本棋院の代表だとか何かいろいろ責任を感じて固くなることを恐れますね。この気持をよほどうまく処理しないと精神的負担が重くなりますよ。

木村　こういっては悪いけど、まあ私の方が兄貴だから藤沢さんは怒らないだろうが、藤沢さんはまだいくつも殻を破らなければ……どうしたら殻を破れるかというと、経験のある人がいってやらなければいけない。それでハッと気がつく時があるんですよ。

坂口　ボクシングなどのように監督とかマネージャーというものが必要だね。

木村　忠告も人生の忠告と芸道の忠告とは違う。芸道のものは芸道の者が忠告するとピンとくる。お談議でなくってね。

本社　今度持時間の問題では藤沢さんは十三時間、呉さんは十時間説だったのですが、呉さんが譲って十三時間にした。実に呉さんは立派だったが藤沢さんも『私は十三時間を主張するが、いよいよ呉さんがキカなければ私は打ちかけの時の二日間は自分が打って呉さんの手番の時に打ちかけにしてもよい』とまでいったくらい立派だった。この気魄には驚きましたね。こりゃア大変な事です。そうなると呉さんは一晩中考えられるんですからね。この謙譲な気持はえらい。藤沢さん期するところあるなと思いましたよ。

木村　しかしそれは絶対ダメですよ。勝負は対等の条件でやるものですからね。

本社　今度の本因坊戦、坂田は勝っている碁を負けた形だが、大勝負になると相手の貫禄に押されたり、失策をやって負けることがある。

坂口　やはり負けているんだね。盤に対して人間的な気魄で負けるというのはそれは重大な負けです。

加藤　十番やればお互いの力というものははっきり判ります。

本社　この十番碁どちらが勝つか、打ち込んだら（四番勝越し）名人ですね、碁の方は本因坊になって九段をとり、それである一定の昇段点数をとるというなかなか名人になれない仕組になっているが将棋の方はうまく行っていますね。

木村　それは制度の問題ですよ。名人制度は作らなければいけない。力士なら横綱を目指す。棋士なら名人を目標に精進する。結局人間の最盛期、最高潮の時に最高位が得られるという制度がないといけないと思う。その目標があればこそだれでも努力する。将棋の小野五平先生は六十九で名人になり九十二まで生きちゃったから、その間はどんな強い人が出たって名人になれない。小野名人は実際には将棋は指さない。将棋を指さない名人ができちゃったね。相撲をとらない横綱なんていうのは僕は面白くないと思うね。これは進歩を止めるものですよ。

坂口　実力者が最高位につくことで権威があるんだよ。

本社　実際問題として藤沢が呉清源を打ち込むか、呉清源が藤沢を打ち込むかした場合名人に立てるというような運動が将来起りますかね。

坂口　事実文句なしでしょう。何だかんだいっても、名人にせざるを得んじゃないですか。

木村　制度がなくちゃやはりね。愛好者も棋士仲間もだれもがなるほどという一つの制度がなければやはりそこに異議が出てくる。

坂口　それはしかし世間の常識というものがあるでしょう。これで打ち込めば世間の常識が名人と認めるでしょう。そういう場合はそれに従わなくちゃ碁はだめです。

本社　十番碁は打ち込まれたときにやめるべきでしょうか、最後まで負けてもやるべきか。

坂口　それは負けた方の意思でしょうね。打ち込んだ以上はもう負けた方にきめさせればいい。

（「読売新聞」一九五一年七月四日）

巻末エッセイ

私だけの教科書

沢木耕太郎

飛行機事故で急逝した向田邦子は、山口瞳が書いたものの中では『世相講談』しか認めない、と当の山口瞳に向かって何度も揚言したという。私には向田邦子のように「しか」といいきる自信はないが、山口瞳の作品から一作を選ぶとすれば、やはり『世相講談』になるような気がする。だが、その選択には、山口瞳の全作品を見渡しての公平な判定というより、ルポライターである私の個人的な思いが強く反映している。『世相講談』は、ルポルタージュを書き始めたばかりの私にとって、ほとんど教科書のような存在の本だったのだ。

もう一昔以上も前のことになるが、偶然のきっかけからジャーナリズムの現場に足を踏み入れてしまった私は、プロのライターになるための準備を何ひとつしないまま、ひとり歩きをしていかなければならなかった。教師もいなければ手本もなかった。ただやみくもに取材をし、集まった材料をこねくり回し、なんとかルポルタージュまがいのものをでっちあげていた。しかし、だからといって、週刊誌や月刊誌で眼にする先達たちのルポルタージュを模倣しようという気にはならなかった。違和感があった。そのひとつは、奇妙に聞こえるかもしれないが、それらのルポルタージュにはあまりにも明快な結論が出すぎていると感じられることだった。一週間とか一カ月とか取材しただけで、どんな事件や問題でも綺麗に解明され結論が出される。ところが、いざ私が書こうとすると、ごく小さな事件であっても、二カ月、三カ月と取材してもいっこうに全体は見えてこず、まして結論など出てきはしないのだった。確かなことは何ひとつわからず、すべてが曖昧に揺らいでいる、ということが幾度も続いた。初めの頃は自分に才能がないためと絶望しかけたが、そのうちに「待てよ」と思うようになった。この世の中のことで、そんなに簡単に結論が出ることなどあるのだろうか。曖昧に揺らいでいることの方が自然なのではあるまいか……。しかし、それにふさわしいルポルタージュの書き方を私は、なかなか見つけられないでいた。

そのようなある日、ひとりの編集者に、これを読んでみないか、と坂口安吾の『散る日本』を手渡された。それまで坂口安吾をほとんど読んだことはなかったが、その題名に惹かれて読みはじめた。『散る日本』は、名人木村義雄に八段塚田正夫が挑戦し、十年不敗の名人を三勝二敗と追いつめた、昭和二十二年度の名人戦第六局の将棋を、臨場感あふれる筆で描いたものだった。《勝つためには全霊をあげて、盤上をのたくりまわるような勝負に殉ずる「憑かれ者」だと信じていた》木村が、妙に大人になり、ぎらぎらするような闘志を失ってしまったことにより、敗れていく。そのプロセスを、坂口安吾は深い失望をもって眺め、描いていく。それは将棋の観戦記であるとともに、極めて鋭利な日本論であり、同時に、坂口安吾の戦後という時代を生き抜くに際しての覚悟の表白にもなっていた。

将棋に殉じ、その技術に心魂ささげるならば、当然勝負の鬼と化す筈、政治家は政策の実行の鬼と化し、各々その道に倒れて然るべきもの、風格の偉さなどというものは、どこにも有りやしない。将棋は将棋の術によって名人たるのみ。

名人の言う如く時代だ。然り、亡ぶべきものが亡びる時代だ。形式が亡び、実質のみが、その実質の故に正しく評価されるために。新しい、まことの日本が生れるために。

実質だけが全部なのだ。

読み終わって、私は何かがわかったような気がした。

だが、『散る日本』がすぐに私の書く物に影響を及ぼしたわけではなかった。それがルポルタージュの方法の問題と重ね合わせて考えられるようになったのは、同じ頃、他のもうひとりの編集者が勧めてくれた山口瞳の『世相講談』を読んでからであった。当時の私は、編集者に勧められたり、友人から面白いと聞かされたりした本は、素直に、貪欲に読んでいた。それだけ暇だったともいえるし、自分の知らないことは無限にあるのだという一種の畏れを持っていたからだともいえる。

『世相講談』は、まさにその名の通り、私たちが知っていそうで実はあまりよく知らない市井の人々の世界を、文章にさまざまの趣向をこらしつつ描いたものである。たとえば、雑誌連載の二年目にあたる十三話目の「人生星取鏡」の最初の一節を引けば、その内容の豊かさと文章の多彩さとが、ある程度は伝わるかもしれない。

エー御所望に依りまして、本日より弁じまするは、昨年既に毎回読切にて緩々伺いました『世相講談』の続編にございます。前篇は第一回が「グアム島、生き残り兵士の話」。続きまして「空巣狙いとそれを追っかけまする刑事の人情」というお古い一席。三回目が「湯屋の値上り」に託つけて女中湯を窃視くという。第四回が「当節の医療問題と産婦人科医師の告白」という艶っぽい読物。続いて「職業野球団二軍選手」の悲哀。六回目「御存知月給鳥の愚痴話」。七回目「老残の将棋渡世」。第八回「今日芸者衆の生態」。続きまして「養老院で辻占の内職に励む老女」の話。次に、「昔日の面影無しという甚い斜陽の活動写真館の歎き」。第十一回が隅田川の紙屑屋の話。題しまして「橋の下」。最終回が、女は度胸、裸一貫で全国を股にかけ興行を致します十九歳の純情可憐なる「女肌脱」のお噺。

連載はこれから三年余も続き、全五十篇、三冊の本にまとめられた。私が編集者に勧められた時はすでに本屋の店頭から姿を消しており、古本屋を何軒も歩いてその三冊を買い集めなくてはならなかった。引退した力士、老いた鳶、下町の女給、ダンプの運転手、バスガイド、競馬の騎手、売れないモデル、発明マニア、会社の宴会屋、質屋の親父……と、どれを描いた一篇も面白かった。対象は、多く山口瞳に関りを持った人々や、周辺に起きた出来事が選ばれているが、書くに際しては、いくらか意識的な「取材」がなされていた。しかし、それは対象との関係の深さや思い込みの強さによって全体に巧みに溶け込み、淡く後景に去っていく。取材が取材のための取材にはなっておらず、取材が作者にとっての必然となっていた。

私が雑誌で眼にする先達たちのルポルタージュに違和感を覚えていたもうひとつのものは、書き手がそのルポルタージュのどこにいるかわからないということであった。政治的な立場、などはどうでもよかった。そのような世界、そのような人々を前にして、彼がどんな表情を浮かべているのかということがほとんどわからない。私にはそれがどうも落ち着かなかった。だが、『世相講談』における山口瞳からは、その笑顔や渋面がはっきり伝わってくるようだった。

さて、このような『世相講談』から、そして『散る日本』から、私が見い出すことのできたルポルタージュの方法とは、どのようなものだったか。

まず最初に、書き手の対象への関心の方向、もう少しストレートにいえば思い込みのようなものが提示され、それが現実の中に分け入っていく原動力となり、水先案内人にもなっていく。だが、対象とぶつかっていくうちに、その思い込みが変形したり崩壊させられたりする。そしてそのような思い込みと現実とのズレの中に、対象がくっきりと姿を現してくるようになる。つまり、そのプロセスを述べることで充分にルポルタージュになりうるということなのだ。結論が出るかどうかは附録のようなものであり、大事なことはそのプロセスがどれだけ生き生きと述べられるかということだ。要するに、生き生きとした「私」の好奇心が、ひとつの世界や人物を通過すれば、それだけで一篇のルポルタージュになるらしいのだ……。

ところが、実際に自分で書いてみようとすると、恐ろしく難しい方法だった。問題は「私」という存在だった。自分が書くに値する「私」など少しも持っていない、ということに気づかざるをえなかったからだ。私はもういちど『散る日本』と『世相講談』に引き返し、読み返した。何度読み返したか。とにかく、そのようにして、二冊の本は私の教科書となっていった。

『散る日本』は、対象と向かい合う時の「私」の精神の在りようを教えてくれ、『世相講談』は、対象を通過する時の「私」の眼の位置を教えてくれた。

しかし、それらが私にとっての不変の教科書でありつづけることはなかった。本の責任ではなく、私が変わったのだ。私は、文章の中の生き生きとした「私」の獲得に全力を注いだあげく、やがてその「私」に中毒するようになり、今度はいかにこの「私」から脱していくかに腐心せざるをえなくなった。私はまた別の、私だけの教科書を必要としていた。(83・7)

(さわき・こうたろう　ルポライター)

＊『象が空を』(文藝春秋、一九九三年) より再録

解説

西上心太

ここ数年、将棋と囲碁に俄然注目が集まっている。その要因はいろいろあるが、つに対局ソフトとプロ棋士の対局があった。だがソフトはあっという間に強くなり、将棋も、そしてまだまだ大丈夫と思われていた囲碁も、ナンバーワン棋士が完敗を喫してしまった。だがそこに絶望はなかった。棋士たちはソフトを勝負相手ではなく、研究のためのツールとして広く利用するようになったのだ。

二つ目が両棋界のトップ棋士の活躍だ。二〇一七年に将棋の羽生善治は竜王位を奪取し、七大タイトルのすべてで「永世」称号を得た。同年、囲碁の井山裕太は名人位を奪い返して二度目の七大タイトル独占を成し遂げた。両者はこの実績により二〇一八年に国民栄誉賞を受賞したことは記憶に新しい。

三つ目が強い新人の出現である。特に将棋の藤井聡太だ。二〇一六年十月に十四歳二ヵ月という最年少記録でプロ棋士となり、デビュー戦から二十九連勝を続け、将棋界の連勝記録を更新。さらに順位戦での昇級、全棋士参加棋戦での優勝であっというまに六段に昇段した。彼のおかげでネット中継がより充実し、人間同士が必死に考える姿に共感を覚えた、指さないけれど見るファン――いわゆる「見る将」――が増加したのである。

「見る将」があるなら「読む将」だってありだろう。このたび本書が編まれたのも、空前の将棋・囲碁ブームの嬉しい余波のおかげであることは間違いない。本書は坂口安吾の将棋・囲碁に関する小説、観戦記、エッセイ、座談を収めている。

坂口安吾は一九〇六年生まれ。戦前から注目されていたが、特に戦後になって発表した評論『堕落論』や短編小説『白痴』で一躍人気作家となり、太宰治や織田作之助らと並び無頼派と呼ばれた。日本で発行されたほぼすべての探偵小説を、戦時中に読み尽くしたと豪語するほど、ミステリーに対する造詣も深い。究極の犯人当てを目指した長編『不連続殺人事件』で、横溝正史の『獄門島』や高木彬光の『刺青殺人事件』を抑え、第二回探偵作家クラブ賞長編賞を受賞した実績もある。

囲碁はかなり強かったようで、プロ相手に五子で勝ったことがあるというから、いまの規準でいえばアマチュア三段か四段はあったのではないか。将棋はまったくわからないと自称しているが、そのためか盤側に長い時間座り、対局者を実によく観察していることがわかる。

第Ⅰ部将棋編の巻頭「散る日本」は、戦後初の名人戦となった、第六期名人戦第六局（一九四七年）を主題にした短編である（「名人戦を観て」は観戦記）。戦前の、持ち時間十五時間三日制から、持ち時間八時間一日制に変更され、常勝といわれた木村義雄名人がカド番に追い込まれ、挑戦者の塚田正夫八段に名人位を奪われるという歴史的な対局だった。

将棋の強弱は勝つための「術」にあると喝破し、「風格」や「枯淡」を尊ぶ文学界や、ひいては実力という現実を見なかった戦前の日本を、ばっさりと切り捨てているところなどが実に安吾らしい。

江戸時代まで将棋界は幕府の庇護を受け、大橋本家、大橋分家、伊藤家が家元として存在した。しかし幕府の瓦解により状況は一変する。大橋両家はほどなく断絶。伊藤家の八代伊藤宗印は一八七九年になって、ようやく十一世名人を襲位する。十世名人六代伊藤宗看の死から三十五年ぶりのことだった。そしてその宗印も亡くなり伊藤家も断絶し、ついに家元三家は絶えてしまった。

宗印の死から五年。一八九八年に小野五平が十二世名人を襲位。初の家元以外からの名人となったが、終生名人制は維持された。しかも小野が九十歳を超す長寿を保ったため、割を食ったのが木村義雄名人の師匠で、十三世名人となった関根金次郎だった。作中で安吾は「この人は将棋は弱かったが、将棋がキレイで、さすがに名人の風格、などと称せられた」と書く。そのあとに風格や枯淡を否定する文章が続くのであるから、関根名人が可哀想になる。小野の死去のあと、一九二一年に関根が十三世名人となった時はすでに五十三歳。とっくに全盛期は過ぎていた。おそらく当時最強だったのは、後年、第二期名人戦で挑戦者となった土居市太郎八段だというのが衆目の一致するところだ。土居もまた割を食った一人だったのだ。

そんな事情はさておき、今日の将棋界の繁栄をたどれば、関根に依るところが多い。関根の英断で、自らが生前に引退することで終生名人制の廃止を決め、一九三五年から実力制名人戦が開始されたのであるから。

八段陣による二年にわたるリーグ戦の結果、第一期名人になったのが木村義雄だった。関根の名人位襲名から十数年の間に土居も老い、木村義雄という駿馬の台頭を許したのだ。

木村は第二期でその土居市太郎八段を四勝一敗、第三期は神田辰之助八段を四勝○敗で下し、第四期は変則的な形となったが、四人の名人挑戦有資格者相手に香落ちと平手という駒落ち交じりの将棋で圧勝、挑戦手合いがないまま防衛を果たす。第五期は戦争激化によって中止となったが、五期保持ということで十四世名人の資格を得た。とにもかくにも、戦前においては一頭地を抜く棋力であり、プロ将棋の地位を高めた大スターであったのだ。

あらゆる価値観がひっくり返った敗戦後という時代に、不敗神話を誇った名人が敗れたのであるから、その衝撃は大きかった。対局中はひたすら沈黙を守り動きも少ない静の塚田。いっぽう呟きや動きが多い動の木村。木村の動きは非勢になると余計に目立つ。そして絶対王者の転落の瞬間を目の当たりにした安吾は「近親の臨終を見るよりも苦しかった」と記し、「亡ぶべきものが亡びる時代だ。形式が亡び、実質のみが、その実質の故に正しく評価されるために。新しい、まことの日本が生れるために」「実質だけが全部なのだ」と、国家のあり方にまでも言及して結ぶのである。

しかし木村義雄はこのままでは終わらなかった。

「勝負師」は、第八期名人戦第五局（一九四九年）を描く。名人失冠の翌年は精彩を欠いた木村だったが、二年後のA級順位戦では升田幸三八段や前年の挑戦者大山康晴八段という新鋭を抑え優勝、塚田正夫名人への挑戦者として名乗りを上げた。この期は七番勝負が五番勝負に変更され、カド番の第四戦に勝った木村が追い上げた状態で最終局を迎えた。対局が皇居内にある済寧館で行われたことでひときわ有名である。ところが済寧館とは皇宮警察の武道場に過ぎず、「広さは広いが、安普請であった」と安吾の筆致はにべもない。しかも柔道のために床にスプリングが入っていて歩くと揺れるという。そのため対局場に出入りする者たちが気を遣う様子がユーモラスだ。

この作品は前日譚が面白い。本書収録の囲碁棋士・呉清源八段を囲む座談会の話題に始まり、打倒木村を明言しながら制度変更のため割を食ったり、弟弟子の大山康晴八段に後れを取っていた、升田幸三八段の複雑な心境を明晰に分析するなど鋭いところを描いているからだ。もちろん目前にある対局への観察力も抜群で、二年前とは逆に固い塚田名人と自然体の木村前名人の様子を活写し、さらに控え室に詰めている原田泰夫八段ら、周囲の棋士に対する寸評や人物月旦が的確で感心する。原田八段を指して「棋理明晳であるが、温室育ちの感多分で、勝負師の性格の坐りというものが、なんとなく弱々しく見受けられた」と評している。

原田八段は後に将棋連盟の会長を務め、「界・道・盟」を標榜した人格者だった。界とは将棋界で将棋を指す人々を指し、道は将棋の真理であり、盟は将棋連盟を意味する。棋士は将棋連盟の前に、ファンを大事にしろと説いたのだ。四十八歳でA級に返り咲いた実力者であったが人がよく、形勢がよくなると負かした相手を誘ってどの店で一献、とか余計なことを考えているうちに逆転負けをした、というスピーチが十八番だった。

安吾が乱用したアドルムという睡眠導入剤や、ゼドリンというアンフェタミンの覚醒剤が話題に出たり、棋士に勧めたりするのも時代である。

この将棋は中盤で塚田に悪手が出るのだが、安吾はこれを持ち時間が少なくなった木村が読んでいない手を指して、時間責めを狙った手だと非難し、棋理に反する手を指したことに強い怒りを表している。対局終了はもう夜明けが近い午前四時二分。木村が前人未到の名人カムバックを決める。

塚田正夫は後に九段戦（竜王戦の前々身）を四連覇、名人二期と合わせタイトル六期を獲得した名棋士だが、ついに名人戦に再登場することはかなわなかった。現役のまま一九七七年に死去、翌年名誉十段を贈られた。短編詰将棋の創作に定評があった。

「九段」は一九五〇年に行われた第九期名人戦第五局の観戦を取材した短編である。この年の挑戦者は大山康晴八段。山本武雄『改訂新版将棋百年』(時事通信社)によれば、「大山君は強いが、まだ若いところがある」、「名人はお年のせいか、中・終盤にすごみがなくなられた」という木村・大山の舌戦があったことが記されている。

大山の自信とは裏腹に、木村名人の連勝でシリーズが始まる。ところが第二局のあとで木村の次男が亡くなるというアクシデントがあり、そのショックから木村は精彩を欠き、三、四局目を連敗しタイになったところなのだ。

後年、対局相手にさまざまな心理戦を仕掛けはしたが、表立っての大言は決して吐かなかった慎重居士の大山からは想像もつかないが、彼の増長ぶりがはっきりと記されている。大山が塚田名人に挑戦した第七期名人戦の時に人柄が一変し、不遜な振舞いや、塚田をなめてかかった言行があり、今回も僕は勝ちますよと、事もなげに断言していたというのだ。大山のこのような言行を記した、いま読むことができる文章は、安吾のもの以外にないだろう。その点からも貴重な作品である。

案の定、大山はこの対局と続く第六局でも敗れ、木村は名人位を防衛する。だが安吾は大山をこう評する。「彼はいつもウヌボレで失敗した。しかし、落胆や負けによって動揺したことがないのである。斬っても血がでないとはこの男である」。

大山は二年後の第十一期名人戦で三度目の挑戦者となり、四勝一敗で木村を破り、新名人となる。木村はこの敗戦を受けて引退。大山は続く四期で名人位を防衛し、十五世永世名人の資格を得た。その後、兄弟子の升田幸三八段に名人位をはじめ、タイトルをすべて奪われるが、やがて奪い返し、新設されたタイトルも独占し五冠を制覇した。五十歳代になってもタイトルを保持し、将棋連盟の会長を十三年間にわたって務め、癌の手術からも間を置かずに復帰し、順位戦ではA級を守り続け、現役のまま一九九二年に六十九歳で死去した。タイトル獲得八十期。まさに鉄人であった。

「坂口流の将棋観」と「観戦記」は一九四七年に地方新聞三社の主催で行われた、木村升田三番勝負第一局に際して書かれた文章である。新手一生を標榜し、革命的な序盤戦術を希求し続けた升田。「何事によらず、実質が心棒、根幹というものである」と、安吾流文学の原則から見た将棋観になっているのだ。升田は戦前から関西のホープであり、名人の「箱根越え」を託せるのは升田だろうという評判だった。自身も打倒木村を公言していた。だが徴兵もあり数年間棋界から離れ、さらに再応召で南方の戦線に送られた。辛くも復員した升田は一九四六年に香平交じり（香落ちと平手を二番手直りで指す)の木村升田五番勝負で香落ち下手、平手、平手と三連勝。戦前は、並の八段相手の香落ち上手でも滅多に負けなかった不敗の名人が、将棋から遠ざかっていた戦地帰りの七段に三連敗したのである。

だがこの時は前日に大酒を飲み、寝不足で対局に臨んだ升田が、精彩を欠いた一本調子の将棋を指して敗れてしまう。打倒木村に燃え、しかも前年三連勝した実績も積んだ升田の気負いと慢心を剔抉している。

「将棋の鬼」は「観戦記」で描いた木村升田三番勝負の話題を用いながら升田を論じ、木村名人との名人戦の来たる日を望んでいる。升田は一九五一年の第十期名人戦によ うやく挑戦者として名乗りを上げたが、安吾が縷々書いてきたように気負いからか、一勝しかあげることができずに木村に敗退する。だが新設された王将戦で木村と対戦した升田は、星三つの差をつけ四勝一敗で優勝。王将戦は「三番手直り」を採用していたので、升田は名人である木村を香落ちに指し込むことになったのだ。だがこの時は後に「陣屋事件」と呼ばれる升田の対局拒否事件があり、実戦は指されなかった。

指し込まれたショックもあったのか、五二年、木村は再び大山を挑戦者に迎えた第十一期名人戦で敗退し、引退する。升田は大山に二度挑戦するがいずれも敗れ、前述したように大山は五連覇し十五世永世名人の資格を得る。だが昭和三十年代に入り升田の反撃が始まる。五五年に第五期王将戦では大山王将を相手に三連勝で指し込み、香落ち番にも勝利して奪取。翌年には塚田九段を破り九段位を奪取、そして大山から名人位を奪い、史上初の三冠王となったのだ。だが三冠はそれぞれ二期ずつ獲得しただけで、次々と大山に奪われていった。その後も名人戦で四度、九段戦の後身である十段戦で三度、大山に挑んだがついに牙城を抜くことはなく、タイトル獲得はかなわなかった。だが「新手一生」をモットーにした棋風はアマチュアのみならず、プロ棋士からも熱い視線を向けられ続けた、稀代の人気棋士であった。七九年に引退。九一年に死去。

第Ⅱ部の囲碁編は呉清源をめぐるエッセイと座談が中心だ。

「本因坊・呉清源十番碁観戦記」は「勝負師」でも触れられていた一戦に対するエッセイ風の短い観戦記である。呉清源は一九一四年中国の福建省生まれ。天才囲碁少年として有名になり、戦前に来日し日本で修業を続け、一九三〇年代半ばから、ライバルで友人の木谷實とともに、「新布石」と呼ばれる革新的な序盤理論を研究発表し、大反響を呼び起こした。戦後、さまざまな理由から日本棋院を離れ、読売新聞の嘱託として、一流棋士たちと打ち込み十番碁を戦ったが、すべて圧倒的な成績を収めた。いずれも十番のうちに四勝以上の差をつけ、格下に打ち込んでしまったのだ。

「呉清源論」は「坂口流の将棋観」にもあった升田幸三と比較しながら呉清源の天才性とカルト宗教にはまる危うさを論じ、座談会「囲碁・人生・神様」では当の呉清源に宗教について語らせるところが興味深い。

「呉・藤沢十番碁を語る」は安吾、将棋の木村義雄名人、囲碁棋士の加藤信八段による鼎談だ。藤沢とは藤沢庫之助(朋斎)九段のこと。当時九段は呉と藤沢の二人だけだった。この鼎談は十月から行われる呉と藤沢の第二次打ち込み十番碁を控えての前宣伝のためのものであろう。戦前に一度、二人の十番碁が行われており、この時は八段の呉に対し二段差の藤沢六段の定先(常に先手番の黒を持つこと)で行われ、藤沢が六勝四敗と勝ち越した。呉清源は十番碁を十回行っているが、唯一の負け越しが藤沢との一回目の勝負だった。その他は先述したようにすべて相手を格下に打ち込んでいる。この時も九局目で四勝差がつき先相先(コミ無しで三回のうち二度有利な先番の黒を持つということ)に打ち込み、第二次の終了からさして時を置かずに行われた第三次の戦いでも第六局目で五勝一敗となり、定先にまで打ち込んでしまった。

このように呉清源は最強を誇ったが、安吾が望むような、タイトルを取ることはかなわなかった。しかし囲碁に対する情熱と研究は高齢になっても衰えず、呉清源の序盤理論からは、現代の棋士も大きな影響を受けている。二〇一四年、満百歳という長寿を全うして亡くなった。

坂口安吾は学生時代はスポーツ万能で頑健な身体を持っていたはずだが、大酒を飲み、睡眠導入剤や覚醒剤を乱用した結果、一九五五年に四十八歳という年齢で急死してしまった。升田幸三の一瞬の光芒も、そのあとに長く続いた無敵大山時代も、あるいは呉清源がつかめなかった名人本因坊を弟子の林海峰が獲得することも、見ることはかなわなかった。もし安吾がもう少し長命であったれば、と思う。

だが欲は言うまい。ここに収められたのは、時代を越えた普遍性を保った、少しも古びていない文章の数々なのである。本書に収められた作品はとにかく面白いのだ。将棋と囲碁という優れたゲームの面白さ、坂口安吾の文章の面白さに触れないことは、きっと人生の損失であると思う。

（にしがみ・しんた　文芸評論家）

編集付記

一、本書は著者の将棋・囲碁に関する作品を独自に編集したものである。中公文庫オリジナル。

一、本書はちくま文庫版『坂口安吾全集』（一九九〇年刊）を底本とした。上記に未収録の「負け碁の算術」「名人戦を観て」及び座談会二編は筑摩書房版『坂口安吾全集』（第15巻、第17巻、別巻）に拠り、旧仮名遣いを新仮名遣いに改めた。

一、底本中、明らかな誤植と思われる箇所は訂正し、難読と思われる語にはルビを付した。

一、本文中、今日の人権意識に照らして不適切な語句や表現が見受けられるが、著者が故人であること、執筆当時の時代背景と作品の文化的価値に鑑みて、底本のままとした。

中公文庫

勝負師
──将棋・囲碁作品集

2018年4月25日　初版発行

著　者　坂口 安吾

発行者　大橋 善光

発行所　中央公論新社

〒100-8152　東京都千代田区大手町1-7-1
電話　販売 03-5299-1730　編集 03-5299-1890
URL http://www.chuko.co.jp/

DTP　嵐下英治
印　刷　三晃印刷
製　本　小泉製本

Published by CHUOKORON-SHINSHA, INC.
Printed in Japan　ISBN978-4-12-206574-1 C1193

定価はカバーに表示してあります。落丁本・乱丁本はお手数ですが小社販売部宛お送り下さい。送料小社負担にてお取り替えいたします。

中公文庫既刊より

各書目の下段の数字はISBNコードです。978－4－12が省略してあります。

ち-8-1
教科書名短篇 人間の情景
中央公論新社 編
司馬遼太郎、山本周五郎から遠藤周作、吉村昭まで。人間の生き様を描いた歴史・時代小説を中心に中学教科書から厳選。感涙の12篇。文庫オリジナル。
206246-7

ち-8-2
教科書名短篇 少年時代
中央公論新社 編
ヘッセ、永井龍男から山川方夫、三浦哲郎まで。少年期の苦く切ない記憶、淡い恋情を描いた佳篇を中学教科書から精選。珠玉の12篇。文庫オリジナル。
206247-4

よ-5-8
汽車旅の酒
吉田 健一
旅をこよなく愛する文士が美酒と美食を求めて、金沢へ、そして各地へ。ユーモアに満ち、ダンディズムが光る汽車旅エッセイを初集成。〈解説〉長谷川郁夫
206080-7

よ-5-11
酒 談 義
吉田 健一
少しばかり飲むというの程つまらないことはない――。飲み方から各種酒の味、思い出の酒場まで、ユーモラスに綴る究極の酒エッセイ集。文庫オリジナル。
206397-6

よ-5-10
舌鼓ところどころ／私の食物誌
吉田 健一
グルマン吉田健一の名を広く知らしめた「舌鼓ところどころ」、全国各地の旨いものを紹介する「私の食物誌」。著者の二大食味随筆を一冊にした待望の決定版。
206409-6

よ-5-9
わが人生処方
吉田 健一
独特の人生観を綴った洒脱な文章から名篇「余生の文学」まで。大人の風格漂う人生と読書をめぐる随想集。吉田暁子・松浦寿輝対談を併録。文庫オリジナル。
206421-8

よ-5-12
父のこと
吉田 健一
ワンマン宰相はワンマン親爺だったのか。長男である著者の吉田茂に関する全エッセイと父子対談「大磯清談」を併せた待望の一冊。吉田茂没後50年記念出版。
206453-9